Un séduisant défi

NICOLA MARSH

Un séduisant défi

Traduction française de
HÉLÈNE ARNAUD

MAGNETIC

HARLEQUIN

Titre original :
STRIPPED

Réalisation graphique couverture : L. SLAWIG (HarperCollins France)

HARPERCOLLINS FRANCE
83-85, boulevard Vincent-Auriol, 75646 PARIS CEDEX 13
Service Lectrices — Tél. : 01 45 82 47 47

www.harlequin.fr

ISBN 978-2-2804-3673-1

Pour mon amie Tina, qui est toujours prête à rendre visite à Chaddie et ne se plaint jamais quand je la traîne à Mecca ou chez Sephora. J'adore nos déjeuners !

1.

Hart

Je suis en train de siroter mon troisième bourbon quand Kevin débarque soudain dans mon bureau sans frapper.

— Je savais que je te trouverais ici, dit-il en se servant un grand verre.

Il vient ensuite me rejoindre dans les fauteuils de cuir qui flanquent la table basse.

— Pas difficile à deviner, vu que, ces deux dernières semaines, j'ai passé toutes mes nuits assis là.

— Arrête tes sarcasmes, veux-tu !

Il lève son verre devant moi avant de renverser la tête en arrière pour en avaler la moitié en une gorgée.

— Ton grand-père était pareil. Le célèbre Ralfe Rochester ne s'est jamais laissé marcher sur les pieds par qui que ce soit.

Ma gorge se serre soudain, comme chaque fois qu'on mentionne Pa devant moi. L'enterrement a eu lieu il y a trois longues semaines ici, sur Gem Island, son île préférée des Whitsundays. Et ça fait quatre semaines qu'il est mort – sans que j'aie été à ses côtés. Pa n'était pas seulement sarcastique : c'était un vieillard obstiné.

Il aurait dû m'appeler, me parler de ses problèmes cardiaques récurrents. Mais il ne l'a pas fait et il est mort avant que je puisse lui dire la moitié de ce que j'aurais aimé lui confier. Par exemple, à quel point il a changé ma vie. Ou tout ce que je lui dois. Ou même à quel point je l'aime, bien que j'aie tout fait pour lui prouver le contraire depuis le jour où il m'a retrouvé.

Il est mort sans savoir ce que je ressentais pour lui et maintenant, je vais devoir vivre avec ça le restant de mes jours.

— Il serait fier de ce que tu fais ici, affirme Kevin en désignant d'un geste large le bureau et ses baies vitrées ouvertes sur le domaine et l'océan. Cet hôtel a toujours été son préféré.

Je sais. C'est d'ailleurs pour ça que je reste coincé sur cette île du bout du monde au lieu de repartir à Buenos Aires, à Brooklyn ou au Bangladesh, pour travailler dans l'ombre à la création de lieux d'accueil pour les orphelins. Ces gosses ont besoin de moi comme j'ai eu besoin de Pa, autrefois. Il m'a retrouvé quand j'avais seize ans, m'a pris sous son aile et m'a protégé. Il m'a tout donné. Et qu'est-ce que j'ai fait pour le remercier ?

J'ai fait semblant de ne pas avoir besoin de lui. Je me suis comporté comme un ingrat chaque fois qu'il m'a tendu la main. J'ai même piétiné le travail qu'il m'a donné dans son entreprise.

Et je l'ai abandonné.

J'aurais dû être là au moment de sa mort, pour lui tenir la main et lui offrir tout le réconfort possible. Mais il est mort seul. Son cœur a lâché, comme l'avaient prédit les médecins. Oui, Pa était plus obstiné que n'importe qui. C'est sans doute de lui que je tiens ça.

— J'ai bien l'intention de redorer le blason de cet endroit, dis-je en faisant tourner le bourbon dans mon verre.

Je contemple un long moment le mouvement du liquide jusqu'à ce que mon regard se trouble. C'est plus facile que de lever les yeux et de surprendre les coups d'œil du bras droit de Pa, d'y lire de la pitié. C'est une émotion inutile et je refuse de m'y abandonner – comme toujours. Il s'agit bien de l'une des premières choses que Pa m'a confiées : il adorait ma force, ce don que j'ai pour ne jamais sombrer dans l'apitoiement.

Je ne lui ai pas dit que ma première famille d'accueil m'avait appris à coups de ceinture comment bannir la tristesse de ma vie. J'avais l'habitude de provoquer ces attaques, pour leur prouver que mon mépris était plus profond que leur dédain. *Qu'ils aillent se faire voir,* telle a été ma devise pendant toute mon enfance. Ça l'est toujours.

— Tu veux que je vienne à la réunion avec la nouvelle agence de communication, demain matin ? demande Kevin.

Je fais non de la tête. J'apprécie beaucoup ses avis, mais il est temps pour moi d'agir seul. Il faut que je remette cet hôtel sur les rails. La fragilité de la santé de Pa se ressent dans les résultats de l'entreprise, et ce n'est pas joli. Je peux au moins améliorer ça, pour lui, même si la perspective de passer les semaines à venir enchaîné à un bureau ne m'enchante pas. Peut-être que, si j'avais été un meilleur petit-fils, j'aurais vu les problèmes plus tôt et que j'aurais pu les régler.

Je m'en suis tant voulu, dernièrement ! Ces quatre semaines de deuil ont été dures, surtout quand j'ai commencé à découvrir les problèmes de l'entreprise ; et je n'ai pas su cacher ma colère. J'ai hurlé sur le personnel et j'ai failli virer un employé de longue date juste parce qu'il avait osé me remettre en question.

Je ne suis pas fier de ces dérapages et, quand Kevin a fini par suggérer avec tact que j'aurais besoin de prendre une ou deux pilules du bonheur – traduire : de me secouer, et vite –, j'ai compris ce qui me restait à faire. Oublier ma culpabilité de petit-fils indigne. Ne plus m'en servir comme excuse. Me rattraper en me concentrant sur la chaîne hôtelière jusqu'à lui rendre sa gloire passée. Puis nommer un bon manager et reprendre la route, comme j'aime le faire.

— Je préfère rencontrer la représentante du cabinet en tête à tête. Peut-être qu'on pourrait se retrouver plus tard dans la journée, quand son patron nous rejoindra ?

— Ça me va, répond Kevin en terminant son verre d'un trait. Tu as besoin d'autre chose ?

— Kevin, tu es mon assistant, pas mon majordome.

Je lui indique la porte d'un signe de tête, puis ajoute :

— Il est tôt, va t'amuser.

— Je pourrais te conseiller la même chose.

Il hésite un instant, puis me sourit.

— C'est peut-être pour ça que tu es si grognon. Ça fait combien de temps que tu n'as pas dragué une fille ?

Oh ! Trop longtemps pour que l'on puisse compter ! Mais ça ne m'intéresse pas. J'ai trop à faire – par exemple, m'assurer de rendre à Pa tout ce qu'il m'a offert, même s'il n'en saura rien désormais. Moi, je saurai. Au fond de moi, dans cet endroit secret que personne n'a jamais découvert. Et pour l'instant, ça me suffit.

De toute manière, je ne fais pas dans la drague. J'aime prendre mon plaisir de temps à autre, mais la plupart des femmes évitent ma compagnie. Quand elles croisent mes regards noirs, soit elles fuient, soit elles tentent de me sauver. Mais je ne suis pas vraiment sensible à la seconde option.

D'un seul coup, Kevin claque des doigts devant mes yeux, me tirant de mes pensées.

— Hé ! S'il te faut si longtemps pour savoir quand tu l'as fait pour la dernière fois, c'est qu'il est grand temps d'y remédier.

— Quand je *l'ai fait* ? Tu as quel âge ? Treize ans ?

— Cinquante cette année, et j'en suis fier, répond-il avant de me montrer son annulaire. Et cette alliance en or me rappelle que je peux *le faire* aussi souvent que j'en ai envie.

— Elle signifie aussi que ta femme trimballe tes boules dans son sac à main.

Kevin glousse et je me surprends à rire aussi. Chose qui m'arrive rarement. Parfois, je souris, mais les villes dans lesquelles je vis, remplies de pauvres hères et de gens vulnérables, ne me donnent pas souvent l'occasion de me dérider…

Pa comprenait mon besoin d'aider des enfants qui me ressemblent. Il a senti mon agitation quand j'ai travaillé à l'hôtel avec lui pendant deux ans, une fois mon diplôme d'économie en poche. Il avait assuré mes études et j'ai fait de mon mieux pour le rendre fier. Mais ça n'a pas suffi et il a eu le courage de me laisser partir. Évidemment, j'ai accepté un poste de complaisance baptisé « Contrôleur Qualité Hôtelier ». En fait, c'était surtout un travail inventé pour me permettre de voyager dans le monde entier, de descendre dans les franchises du groupe et de lui faire à chaque fois un rapport détaillé – de la propreté du linge à la qualité du service d'étage.

Pa me jurait que mes retours lui servaient, qu'il faisait tout pour corriger les erreurs que je pointais du doigt. Mais je suis sûr que j'aurais pu rédiger mes rapports en mandarin sans même qu'il s'en rende compte. C'est bien une preuve de plus qu'il avait confiance en moi.

Je lui dois beaucoup. Beaucoup.

— En parlant de ça, reprend Kevin en se levant pour s'étirer, je ferais bien de rentrer chez moi. Tu me raconteras comment s'est passé le rendez-vous demain.

— OK.

Je le salue de la tête. J'ai vraiment de la chance d'avoir un assistant comme Kevin pour me guider dans ce labyrinthe.

Comme il a tenu le même rôle aux côtés de Pa pendant trente ans, il sait tout de l'entreprise. C'est une perle. Un ami, même, bien qu'il ait l'âge d'être mon père.

Quand je pense à la tâche herculéenne qui m'attend si je veux relancer cet hôtel, je suis ravi qu'il soit là pour m'aider.

Je vais avoir besoin de tout le soutien possible.

2.

Daisy

— Je prendrai le cocktail le plus coloré de la carte, s'il vous plaît.

J'accompagne ma commande d'un signe de tête en direction de l'ardoise, derrière le bar. Comme une pro, alors qu'en soirée je finis souvent pompette après un seul verre de vin.

Le beau barman, qui me rappelle Mel Gibson dans sa jeunesse, me sourit. On dirait qu'il voit clair dans mon jeu. Sans un mot, il s'empare néanmoins d'une collection de bouteilles.

Si tout cet alcool finit dans mon cocktail, je risque d'avoir des problèmes... Peu importe. C'est la première fois que je viens sur Gem Island, l'un des joyaux des Whitsundays, et j'ai bien l'intention de faire un miracle de com pour l'un des hommes les plus mystérieux de la planète.

J'ai déjà fait mes devoirs. Mon client est un introverti qui a préféré explorer le monde plutôt que tenir un petit boulot dans l'empire hôtelier de Ralfe Rochester et suivre les pas de son célèbre grand-père. Sa présence sur les réseaux sociaux est anecdotique et rien ne suggère qu'il fera un digne successeur de l'un des directeurs d'hôtels les plus respectés d'Australie. Mais Ralfe est mort récemment, et Hart est son unique héritier.

D'après mes recherches, l'empire commercial Rochester s'effondre, et c'est ce qui m'amène ici. Si j'arrive à relancer l'intérêt des clients pour les hôtels Rochester, ce sera un triomphe professionnel et ça m'aidera à atteindre mon but : fonder ma propre entreprise de relations publiques.

— Voilà pour vous ! me lance le barman.

Il dépose devant moi un immense verre à Martini rempli d'un liquide mauve dans lequel flotte un brin de lavande.

— Allez-y doucement. C'est costaud.

— Merci. Qu'est-ce que c'est ?

Je fais de mon mieux pour prendre le verre avec nonchalance et faire tourner le liquide à l'intérieur.

— C'est un Gorgeous Gem, l'un de mes cocktails primés.

Je prends un air impressionné de circonstance et l'homme se met à lister les ingrédients :

— Vodka, rhum blanc, noix de coco, sirop de lavande fait maison, jus de litchi, jus de citron et un ingrédient secret que je ne peux pas dévoiler.

Il se penche sur le bar, assez près de moi pour que je remarque son parfum, aussi délicieux que celui du cocktail.

— Si je vous le disais, je devrais vous tuer…

Il me lance un clin d'œil et j'essaie de cacher mon

trouble en buvant une longue gorgée. Très mauvaise idée. Catastrophique. Parce que je m'étouffe avec et me mets à tousser, à crachoter, prouvant en un éclair à quel point je ne tiens pas l'alcool. Et que je ne sais pas flirter.

Le barman glousse.

— Dites-moi si vous en voulez un autre.

Jamais, ai-je envie de répliquer avant de boire une deuxième gorgée, prudemment. Le mélange est extraordinaire : fruité et sucré, mais puissant en même temps. Je bois de nouveau, appréciant le petit vertige qui monte. Après tout, pourquoi est-ce que je n'en prendrais pas un autre ? Alf, mon patron, n'arrive que demain. Je peux bien m'accorder une soirée de détente.

Ça ne m'arrive jamais chez moi, à Brisbane. En tout cas, pas depuis l'implosion de mes fiançailles avec Casper, il y a un an. Elles auront duré trois mois, en plus des trois autres mois pendant lesquels nous sommes sortis ensemble. Au final, le prince charmant sur papier n'était plus aussi parfait quand j'ai commencé à vivre avec.

Penser à Casper me fait avaler le reste de mon cocktail d'une traite. L'alcool me brûle la gorge, mais bon Dieu que ça fait du bien ! Mieux encore, ça me donne l'impression de devenir invincible. Forte de mon courage de façade, je commande un deuxième verre.

— Merci, dis-je au barman en m'armant de mon plus beau sourire quand il le pose devant moi.

Il a un léger haussement d'épaules, comme s'il savait quel poids plume je suis en matière de boisson.

Quant au flirt, il est déjà passé à un couple de filles à peine sorties de l'adolescence – j'ai soudain l'impression d'être vieille, du haut de mes vingt-sept ans.

Je lève silencieusement mon verre dans sa direction. *Tant pis pour toi, mon grand,* me dis-je en avalant la moitié du cocktail. C'est à ce moment-là que je me rends compte que l'alcool me monte déjà à la tête. Est-ce que je comptais vraiment essayer de draguer un inconnu ? Hors de question ! Je suis beaucoup trop rouillée pour ça. Je n'ai eu qu'un rencard depuis Casper et ça a tourné au désastre. Ma première et dernière inscription sur une appli de rencontres… Le type avait bien quinze ans de plus que sur sa photo de profil, et il semblait avoir perdu tous ses cheveux en même temps que son sens de l'humour. Il a réussi l'exploit de coupler la perversion à l'amertume – un mélange déplorable. Mieux vaut que je me concentre sur ma carrière.

— À ta carrière ! dis-je dans un murmure avant d'achever mon verre et de demander l'addition.

En me levant, je chancelle un peu. C'est peut-être le moment de faire une petite promenade sur la plage, juste pour m'éclaircir les idées. J'ai de grands projets pour ma première nuit sur Gem Island : service d'étage et n'importe quel film avec Ryan Gosling, suivi d'un bon bain. Il faut être à la hauteur.

Je suis le sentier qui descend du bar vers la plage. Des lanternes accrochées aux palmiers éclairent le chemin et confèrent au décor une atmosphère intime. Cet endroit est vraiment splendide. Romantique. Quel dommage que je sois là en solitaire et que je n'aie aucune intention de me retrouver quelqu'un dans un avenir proche !

Arrivée au bout du chemin, je trébuche soudain et m'étale de tout mon long. Le sable amortit heureusement ma chute et je ne peux retenir un petit gloussement… qui se transforme vite en éclat de rire nerveux quand j'imagine le tableau. Moi, à quatre pattes par terre, comme en plein cours de yoga. J'ai de la chance de porter une robe longue qui cache les parties les plus privées de mon anatomie, mais ça ne me rend pas moins ridicule pour autant.

Soudain, deux pieds apparaissent dans mon champ de vision. Dans de superbes chaussures. Usées, comme si on les portait depuis des années, les préférant à n'importes quelles autres.

— Besoin d'un coup de main ?

La voix est grave, tendue. Elle me paraît agacée. À croire que ma chute dans le sable a suffi à exaspérer son propriétaire. Mais, au moins, l'homme fait l'effort de me tendre la main, ce qui est une bonne chose : les cocktails me font tellement tourner la tête que je n'aurais sans doute jamais pu me relever seule.

— Merci.

Je saisis la main qu'on m'offre et laisse l'inconnu me remettre sur pied.

Dans la lumière mouvante des torches, ma première impression se limite à des cheveux noirs trop longs pour être à la mode, des yeux sombres bleu nuit ou noirs, et un petit sourire sardonique. De belles lèvres. Sensuelles. Bon sang, même dans ma tête, j'ai l'impression d'être une idiote ! Idiote et ivre. Mauvais mélange…

L'homme me semble vaguement familier, mais je n'arrive pas à le resituer. Il lâche bien vite ma main, comme s'il avait peur d'attraper un microbe de fille en la gardant trop longtemps dans la sienne.

— Cette dernière marche est dangereuse.

Il montre d'un signe désapprobateur une fissure entre les pavés et le sable.

— Ouais !

Pour la réponse intelligente, on repassera. Et je m'enfonce encore plus en ajoutant une remarque inepte :

— Je crois que c'est surtout la faute des cocktails meurtriers qu'ils servent au bar de l'hôtel.

— Vous avez bu ?

Il hausse les sourcils d'un air surpris qui le rend sexy. En général, je ne suis pas attirée par les bad boys, mais dans son cas, je pourrais peut-être faire une exception. Bon sang, décidément, le mélange de vodka, rhum et je ne sais quel autre alcool que le barman a versé dans mes verres me fait imaginer des choses. Sexy ? D'où est-ce que ça m'est venu ?

— Je n'ai pas bu, je suis juste heureuse, dis-je avec un sourire pour lui prouver mes dires.

Mais il ne sourit pas, lui. Il se contente de fixer mes lèvres avec une attention qui me met un peu mal à l'aise.

— Vous ne devriez pas vous promener ici toute seule si vous ne vous sentez pas bien.

Voilà qu'il se met à parler comme Casper, à me donner des leçons sur ce que je devrais faire ou ne pas faire. Sauf que Casper poussait cette connerie de « mâle alpha » jusqu'à me dicter comment m'habiller, que cuisiner et quoi dire devant ses potes de la finance. Et j'ai définitivement tiré un trait sur les hommes qui essaient de régenter ma vie.

Je réplique donc froidement un petit « Je vais très bien » qui ne provoque qu'un haussement de sourcils de plus.

Je grimace.

— Désolée. Mon année a été… longue.

J'ai peut-être décidé librement de rompre mes fiançailles, mais je n'en ai pas moins été blessée. Déçue. Épuisée. Me concentrer sur mon travail a été ma porte de sortie. Hélas, après avoir passé un an à faire des miracles pour Alf, je ne suis pas plus avancée vis-à-vis de la promotion dont je rêve. Étant donné que mon patron est un ancien ami de la famille et qu'il a fait une fleur à mon père en m'engageant, la situation est particulièrement gênante.

— Je comprends ce que vous voulez dire.

L'homme se passe une main dans les cheveux, les ébouriffant davantage, et se tourne vers l'océan. Il regarde les vagues comme s'il aurait voulu partir à la nage et ne jamais revenir.

Je me laisse rarement dominer par mes impulsions. Je suis une bonne fille pour mes parents, une bonne employée, une bonne personne. Tous ceux qui me connaissent savent qu'on peut toujours s'appuyer sur cette brave Daisy Adler.

Mais soudain, face à cet inconnu si sombre, sur cette plage de rêve, je décide de prendre un risque.

— Voulez-vous marcher un peu ?

Cette fois, c'est à lui de contempler d'un air éberlué ma main tendue.

— Je m'appelle Daisy, dis-je.

Il fronce les sourcils avec un nouveau soupçon de désapprobation.

— Hart, répond-il finalement.

Oh non ! Grands dieux, non ! Est-ce *Hart Rochester* ? Le prénom est assez rare pour que je comprenne tout de suite que cet homme est celui avec lequel je vais devoir travailler… J'ai mis les pieds dans le plat ! Sa première impression de moi sera celle d'une femme ivre, incapable de tenir debout après deux cocktails.

Et je ne peux pas prétendre que je suis quelqu'un d'autre, ça rendrait les choses encore plus gênantes demain matin. Mieux vaut reprendre la situation en main tout de suite.

— Je suis votre nouvelle chargée de relations publiques, dis-je donc avec un rire forcé qui sonne faux. Et je ne suis pas ivre. En fait, je tiens mal l'alcool parce que je ne bois presque jamais, et il faut dire que ces cocktails sont forts…

— Je ne juge pas.

Son regard intense ne me lâche pas. Je me sens de plus en plus mal à l'aise : c'est comme si on m'avait mise sous un microscope. Comme s'il voyait tous mes défauts à la loupe.

Les choses empirent encore quand je me rends compte que ma main est toujours tendue. Maudissant en silence ma bravade alcoolisée, je commence à la baisser quand il me surprend en la serrant fermement dans la sienne.

— Si vous voulez toujours vous promener, il y a une crique au bout de la plage depuis laquelle on a une vue magnifique sur les autres îles, dit-il. Ça vous permettrait d'avoir un aperçu du décor avant qu'on se mette au travail.

Il m'attire à ses côtés et, instinctivement, je commence à le suivre.

— Qu'on soit bien clair, je ne vous donne pas la main avec une arrière-pensée. Je veux juste m'assurer que ma nouvelle chargée de com sera prête à s'atteler à la tâche demain, sans finir de nouveau dans le sable.

J'accueille cette critique par un gloussement, mais il ne se déride pas. C'est si bizarre ! Dans n'importe quelle autre circonstance, la situation aurait pu paraître romantique, mais Hart est si sévère et je suis si gênée que nous nous engageons sur la plage comme des robots.

C'est complètement fou. Je suis venue ici pour travailler. Pourtant, juste le temps d'une soirée, j'aurais aimé profiter de quelques instants de liberté sans avoir à réfléchir au moindre de mes gestes. La perfection coûte cher, et je la paie chaque jour de ma vie.

— Je peux presque vous entendre penser, dit-il en serrant un peu plus ma main.

Cette pression envoie un frisson tiède et agréable le long de mon bras.

— Je réfléchis juste à des moyens de mettre en valeur les parties de l'hôtel que j'ai déjà visitées.

Super. Maintenant, on dirait que je lui lèche les bottes. Mais c'est nécessaire pour me concentrer sur ma mission, alors que la pression de ses doigts sur les miens me fait ressentir des choses que j'aurais préféré ignorer.

Je suis brûlante, de la tête aux pieds – et ça n'a rien à voir avec la température de cette nuit tropicale.

Une fois de plus, nous nous taisons. Au bout de quelques minutes, nous atteignons le bout de la plage. Hart me fait contourner un petit promontoire pour me montrer la mer de sa main libre.

— Vous voyez les lumières des autres îles ?

— Je vois un halo éclairé…

J'ai porté mes lentilles de contact toute la journée et mes yeux me brûlent, fatigués par l'effort ; impossible de discerner les différents points lumineux dans ces conditions.

— J'adore cet endroit, reprend-il.

— Vous venez souvent ici ?

Il a un petit sourire dans la pénombre.

— N'est-ce pas un peu démodé comme phrase d'approche ?

J'éclate de rire.

— Ce n'est pas ça !

— Dommage.

Son regard tombe sur ma bouche et je ne peux m'empêcher de m'humecter les lèvres. Ce n'est pas pour le séduire, bien sûr. C'est juste un réflexe nerveux, comme à chaque fois qu'un homme semble vouloir goûter mon gloss.

Une éternité s'écoule lentement avant qu'il relève les yeux et me dévisage.

— Nous devrions rentrer.

— Oui.

Mais nous ne bougeons ni l'un ni l'autre. Nous sommes soudain piégés dans un univers parallèle où deux inconnus se rencontrent sur une plage en pleine nuit, savent qu'ils ne peuvent pas flirter parce qu'ils vont devoir travailler ensemble, mais sont incapables de se séparer pour autant.

Le vent se lève, rabattant quelques mèches de cheveux sur mon visage, et Hart les repousse de la main sans me laisser le temps de le faire. C'est un geste étrange, intime, qui fait s'accélérer les battements de mon cœur. Nous nous tenons toujours par la main, après tout. Il tente juste de m'aider, rien de plus. Ce qui n'empêche pas la situation de devenir encore plus bizarre.

Le bout de ses doigts effleure le lobe de mon oreille et une onde de désir étouffant me traverse. Sa main glisse un peu plus bas, dans mon cou, le long de ma mâchoire puis sur ma joue. On dirait presque qu'il essaie de se souvenir de mes traits en détail – stupide ! Je n'ai rien d'exceptionnel.

Ses doigts sont rudes, presque caleux. Ils me chatouillent et réveillent mes nerfs, la sensibilité de ma peau. Quand il s'approche, mon souffle accélère et je peux sentir son odeur. Ce n'est pas de l'après-rasage, mais un effluve frais d'agrumes mélangé à quelque chose de plus subtil. Gel douche ? Mousse à raser ? Quoi que ce soit, j'ai soudain envie de dévorer ce parfum gourmand. Ou lui, peu importe.

Ce n'est pas bon du tout ! Il faut que je recule. Tout de suite ! Mon cerveau lance des ordres clairs, mais mes pieds refusent d'obéir. J'essaie de prendre quelques grandes inspirations pour me calmer. Mauvaise idée. Catastrophique. Le parfum d'agrumes emplit mes poumons et m'envoie des messages déplacés – « Tu dois le goûter, maintenant… »

Je le supplie intérieurement de s'écarter, d'être plus raisonnable que moi. Mais il fait un pas de plus vers moi et je perds le contrôle. Je me sens glisser sur la pente savonneuse d'une décision désastreuse que je ne pourrai que regretter plus tard. Et je suis incapable de freiner.

Je m'approche.

Prise d'une audace qui ne me ressemble pas, je le dévisage. Il fait trop noir pour lire son expression. La lune, dans son dos, noie ses traits dans l'ombre. Mais il n'a pas reculé. Sa main caresse toujours ma joue et je sens qu'il faut que j'agisse, avant d'ajouter un regret de plus à ma longue liste.

Sur la pointe des pieds, je presse mes lèvres contre les siennes. Avec douceur. Hésitante. Pour tester sa réaction. Ou la mienne, je n'en sais rien.

Il se penche sur moi et je ne me retiens plus.

L'alcool a effacé ma timidité naturelle et je deviens possédée.

Je me plaque contre lui pour l'embrasser de nouveau, avec plus de fièvre. Nos lèvres s'entrouvrent en même temps et le premier contact de nos langues me fait gémir. Cette fois, c'est lui qui prend le contrôle. Il m'embrasse jusqu'à ce que j'en aie le souffle coupé. Je m'en fiche. J'en veux plus.

Ses mains caressent lentement mon dos, comme s'il explorait ma colonne vertébrale d'un bout à l'autre avant de trouver mes fesses et de se refermer dessus. Ce geste me fait totalement perdre la tête. Je passe une jambe autour de sa taille pour me presser davantage contre lui. J'ai encore un peu le vertige. À cause de l'alcool ou de ses baisers brûlants ? Aucune idée.

Sa main passe de ma fesse à ma cuisse. Ma robe longue s'est retroussée et, quand il effleure la peau sensible derrière mon genou, je me mets à trembler. Ça me tire de mon fantasme. Qu'est-ce que je suis en train de faire ? Je bécote Hart Rochester sur une plage. Je me jette sur lui comme si j'étais prête à m'allonger sur le sable et à écarter les jambes à la première injonction !

D'un seul coup, mon ivresse disparaît. Je suis en train de gâcher une mission que je *dois* réussir. Sent-il ma réticence ou bien est-ce moi qui recule la première ? Quoi qu'il en soit, nous nous retrouvons d'un seul coup face à face, à quelques pas l'un de l'autre. Je lisse ma robe nerveusement, les joues en feu.

— C'était absolument inacceptable, je suis désolée, dis-je d'une voix trop troublée encore. Vous ne me verrez plus aussi peu professionnelle à l'avenir.

Je m'attends à ce qu'il réponde la même chose, mais il se contente de murmurer :

— Rentrons.

Aucune émotion ne perce dans sa voix, pas même de la colère ou de l'agacement. C'est comme si ces dernières minutes n'étaient jamais arrivées.

Le regret et la honte me poussent à me détourner avant qu'il voie à quel point sa froideur me met mal à l'aise. Ce qui est absurde : ce n'est pas sa faute. C'est moi qui me suis jetée sur lui. Mais à présent qu'il fait comme si nos baisers n'étaient rien, je me retrouve dans la situation trop familière de devoir accepter le fait accompli. Et je n'aime pas ça.

Je tourne donc les talons et m'éloigne en courant, pressée de pouvoir enfin me retrouver seule et digérer en paix mon humiliation.

J'entends sa voix dans mon dos :

— Hé, Daisy ! Attendez !

Mais je ne m'arrête pas. Je continue ma course. Je ne veux plus jamais regarder en arrière.

3.

Hart

J'aurais dû poursuivre Daisy. Arrondir les angles, lui parler, lui dire que ce baiser n'a aucune importance et que nous devons l'oublier.

Mais je reste figé dans le sable, avec un sourire nigaud sur les lèvres.

Je sais pourquoi je l'ai délibérément poussée à m'embrasser. J'ai fait ça toute ma vie depuis que mon père m'a abandonné aux services sociaux : je pousse les gens dans leurs retranchements pour qu'ils me haïssent les premiers.

Mais avec Daisy, le plan a dérapé. Du tout au tout.

J'ai eu une érection à l'instant où je l'ai vue étalée à quatre pattes dans le sable, les fesses en l'air. C'est pour ça que j'ai accepté d'aller marcher avec elle – même après avoir appris qu'elle était la femme avec laquelle j'allais devoir collaborer dans un avenir proche.

Pour moi, cette relation professionnelle est parfaite. Même si je finis par coucher avec elle comme j'en ai envie – la pulsation sauvage, entre mes jambes, refuse toujours de se calmer –, ça n'aura aucune importance. C'est ce que j'aime.

Je l'ai donc ferrée. J'ai accepté son invitation en sachant qu'elle finirait par me détester pour ça, conscient que j'aurais sans doute dû me concentrer sur le travail que nous avons à accomplir ensemble. Je m'attendais à ce qu'elle hésite, qu'elle me repousse, qu'elle soit choquée. Et quand elle a réagi en se jetant dans mes bras ? Ça ne faisait pas du tout partie du plan.

Mais qu'est-ce qu'elle était excitante ! Une femme confiante qui n'a pas peur de montrer ce qu'elle veut, même avec moi, l'homme qu'elle verra tous les jours au boulot pendant des semaines…

Oui, je devrais la poursuivre et essayer de limiter les dégâts de cette soirée inattendue avant notre rendez-vous du matin. La mettre à l'aise. Mais je ne peux oublier la fièvre avec laquelle elle m'a dévoré, ses mains sur moi, et mon sourire qui a failli m'étrangler quand j'ai voulu le réprimer.

Mon sexe est encore dressé. Mes testicules me font mal. Si tout mon sang n'était pas rassemblé dans mon pantalon, j'aurais pu avoir assez de jugeote pour la suivre – ne serait-ce que pour l'inviter dans ma chambre et finir ce que nous avons commencé !

Je la regarde remonter la plage au pas de course et passer les portes de l'hôtel. Ce n'est que lorsqu'elle a disparu que je parviens enfin à la suivre, lentement.

Plus j'approche des bâtiments, plus mon sourire vacille. Le poids de ce que je vais devoir affronter pendant les semaines à venir me fait ralentir.

Je ne suis le sauveur de personne, et encore moins de Pa. Mais cette entreprise est son legs et, pour des raisons que je ne peux imputer qu'à sa santé déclinante, les marges de profit qui avaient fait sa joie et sa fierté ont chuté.

Il faut que je change la donne.

C'est le moins que je puisse faire avant de tout gâcher de nouveau.

Plusieurs couples passent près de moi, enlacés et tellement absorbés dans leur bulle qu'ils ne me voient pas. Une famille, les parents et des jumeaux de sept ou huit ans, rit près de la berge en jouant dans les vagues pour s'éclabousser copieusement.

Il est tard. Les enfants devraient être couchés. Mais en voyant leur joyeux dédain pour les normes éducatives modernes, je sens mon cœur se serrer.

L'innocence absolue de ces garçons me désarme, ainsi que leur confiance si complète en leurs parents. J'ai été comme eux, autrefois. Je pensais que les adultes responsables de moi seraient fiables ; et cette illusion m'a été arrachée quand j'ai été frappé, à trois ans, pour avoir osé manger le dernier morceau de pain à table.

Et le jour où mon père a saisi sa ceinture pour me punir d'avoir renversé sa bouteille de bière sans faire exprès, j'avais quatre ans.

Puis, quand l'assistante sociale a refusé de croire que l'on pouvait m'enfermer dans un placard la nuit pour m'empêcher de fuguer, j'en avais six. Je vivais dans ma première famille d'accueil.

Après ça, j'ai retenu la leçon. Les adultes ne

seraient jamais là pour veiller sur moi. Ils ne me feraient jamais de câlins, ne se soucieraient jamais de moi, ne m'aimeraient jamais.

Dès lors, j'ai fait de mon mieux pour qu'ils me haïssent.

J'ai pris soin de ne m'attacher à personne. Savoir que mon comportement aurait le résultat escompté était bien ma seule certitude, le seul contrôle que je gardais sur un monde cruel et méprisable.

Je ne faisais confiance à personne et, en dépit des efforts de Pa, je ne lui ai jamais montré cette part cachée de mon cœur. Celle qui priait pour qu'il ne finisse pas lui aussi par me repousser un jour.

L'un des garçons pousse un cri perçant qui me ramène sur terre. Je cligne des paupières, surpris de sentir mes yeux humides.

Voilà que je pleurniche, maintenant ! Les larmes sont une perte de temps. La seule bonne leçon que j'ai apprise de mon père avant qu'il m'abandonne aux services sociaux, c'est comment m'endurcir. Apparemment, il n'a jamais eu l'intention de s'encombrer de moi après la disparition de ma mère, survenue quand j'étais tout petit. Quand j'avais cinq ans, il m'a abandonné sans un remords. Je suis d'ailleurs surpris qu'il m'ait gardé aussi longtemps.

Me secouant un peu, je me détourne de la joyeuse petite famille et repars en direction de l'hôtel. J'ai un monceau de travail qui m'attend et, plus vite je m'y mettrai, plus vite je pourrai quitter cet endroit chargé de souvenirs pénibles.

4.

Daisy

J'ai mal à la tête. Je n'aurais jamais dû boire ces deux cocktails hier. Je n'aurais jamais dû faire un certain nombre de choses, à commencer par avaler ces Gorgeous Gems comme si c'était de la limonade, et finir par bécoter Hart Rochester sur la plage.

J'ai une présentation à finir de préparer et les cachets que j'ai pris il y a une demi-heure avec un jus d'orange n'ont pas encore fait effet. Affronter Hart après m'être jetée sur lui comme une folle sera assez dur comme ça. Inutile d'y ajouter un batteur qui s'entraîne aux cymbales sous mon crâne.

J'ai effectué mes recherches, je suis prête. Seulement, tant que je n'aurai pas trouvé un moyen de faire comme si notre baiser de la veille n'avait pas eu lieu, je serai mal barrée.

Je n'aurais pas dû m'enfuir. Il m'a rappelée et je ne me suis pas arrêtée. J'ai agi comme une ado hystérique sous hormones quand j'aurais dû me montrer aussi mature et blasée que lui.

Les adultes s'embrassent tout le temps. Nous nous

sommes plu, nous nous sommes laissés aller – ces choses-là arrivent. Mais en partant comme une ingénue morte de honte, j'ai aggravé le problème, alors que j'aurais dû faire comme si ça n'avait été qu'une impulsion banale.

Peut-être que je pourrais en plaisanter en le rejoignant. Improviser une remarque pleine d'esprit et amusante qui allégera la tension et l'obligera à me prendre au sérieux pendant mon exposé.

Il n'y a qu'un problème. Je suis incapable de penser à autre chose que : « J'ai été stupide, mais vous êtes super doué pour les baisers. »

Non. Impossible. Même sans cet incident, j'aurais été nerveuse avant mon rendez-vous, comme à chaque fois. Je suis toujours tendue quand je dois faire une présentation à un client, même si je sais pertinemment que j'ai réfléchi à chaque détail du projet en amont. Que je maîtrise mon sujet.

Mes idées pour améliorer l'image du complexe de Gem Island sont parfaites. On commencera par engager le nouveau directeur, connu pour vivre particulièrement reclus, dans une grande campagne de publicité sur les réseaux sociaux. Le convaincre ne sera sans doute pas évident. En plus, la myriade d'articles critiques qui a accueilli la disgrâce publique de l'hôtel, ces derniers temps, ne m'aidera pas.

La santé défaillante de Ralfe Rochester inquiète les actionnaires.

Le fils prodigue est de retour pour prendre en main l'empire familial en ruines.

L'empire Rochester est-il bel et bien de l'histoire ancienne ?

Néanmoins, je suis à la hauteur de la tâche. Hélas, le peu d'expérience de Hart Rochester dans ce domaine et son absence des réseaux sociaux vont m'obliger à me battre bec et ongles.

Hart a besoin de moi. Ce qu'il ne sait pas, c'est que j'ai au moins autant besoin de lui. Il me faut une dernière ligne prestigieuse sur mon CV pour envisager de lancer mon propre cabinet. Je veux être celle qui rendra aux hôtels Rochester et à Gem Island leur place dans les brochures touristiques.

Et ça commence maintenant.

Je serre un peu plus mon portfolio et mon ordinateur sous mon bras, ferme la porte de ma villa et suis le chemin pavé bordé de frangipaniers jusqu'au bâtiment principal. Les employés de la réception me sourient tandis que je traverse le hall dallé de pierre. Des palmiers verdoyants dans leurs pots de terre sont disposés entre les divans d'osier aux coussins crème et bleu cobalt. Des arrangements floraux qui font la part belle aux fleurs tropicales – orchidée noire du Queensland, giroflier et cordyline – ajoutent des notes de couleur à l'élégance nonchalante qui émane du lieu.

Il ne faudrait pas beaucoup d'efforts pour mettre ce complexe en valeur parmi la multitude d'hôtels des Whitsundays. Mais le propriétaire… Ça, ce sera une autre paire de manches. Quand Kevin, son assistant, m'a fait un résumé des éléments de base du dossier au téléphone, j'ai tiré plus d'informations de ce qu'il a passé sous silence que des choses qu'il m'a dites.

Hart sera un défi. Ses e-mails, en réponse aux miens, ont été froids. En général, je m'attends à plus d'intérêt de la part de mes clients, surtout quand on doit travailler si étroitement ensemble.

Arrivée devant la porte de verre des bureaux, je m'apprête à frapper quand le secrétaire installé dans le hall me fait signe d'entrer.

— Il vous attend.

— Merci.

Je jette un rapide coup d'œil à ma montre. J'ai dix minutes d'avance. Pourvu que Hart apprécie ma ponctualité. Les nerfs en boule et les genoux tremblants à l'idée de me retrouver face à lui après la scène gênante de la veille, je me raccroche à cet espoir : je vais avoir besoin de tous les bons points que je peux obtenir.

La porte de l'unique bureau est entrouverte. Je frappe et la pousse dès que j'entends une voix sèche m'inviter à entrer.

Prenant une profonde inspiration, je m'efforce de sourire et pénètre dans la pièce.

Je me retrouve aussitôt face à un Hart Rochester qui me dévisage d'un air réprobateur, sans même essayer de le cacher.

Cet accueil glacial me bloque et je me sens pâlir. Je suis incapable de bouger. Mes pieds sont soudés au sol et la honte me monte à la gorge.

Inutile, maintenant, d'espérer pouvoir balayer

notre baiser de la veille d'une simple plaisanterie bien placée.

Les sourcils froncés, il me fait signe d'approcher.

— Entrez, Daisy. Mettons-nous au travail !

Pendant une seconde, mon esprit me ramène à hier soir et me fait entrevoir de quelle manière nous pourrions nous « mettre au travail ». Mais je me gifle mentalement.

Je suis là pour une mission. Pas pour mon client.

En traversant le hall pour rejoindre son bureau, j'ai répété en boucle mon entrée en matière. Ça sonnait un peu comme ça : « Ce qui s'est passé hier était un peu bizarre, surtout le fait que je me sois enfuie après vous avoir embrassé – un baiser qui ne voulait rien dire du tout, d'ailleurs. Mais passons à autre chose… »

Seulement, si la sensualité de cet homme m'a troublée la veille, elle me désarme complètement ce matin. Il porte une chemise bleu ciel, avec les deux boutons du haut défaits et les manches retroussées jusqu'aux coudes. La coupe est ajustée, ce qui donne l'impression que son torse impressionnant ne supporte pas d'être enfermé dans des vêtements ; et je ne peux m'empêcher de me souvenir de la fermeté qu'avaient ses muscles sous mes mains…

Ses cheveux sont décoiffés et plus clairs que je l'ai d'abord cru : un beau châtain teinté de cannelle et de reflets cuivrés dus au soleil, et pas aux talents d'un coloriste.

Et ses yeux bleu profond, si vifs… Même dans leur froide sévérité, ils me stupéfient.

Incapable de penser à autre chose, je balbutie un misérable :

— J'ai hâte de travailler avec vous.

Il hausse un sourcil, d'un air à la fois impérieux et condescendant, comme s'il doutait sérieusement de mes capacités professionnelles après la scène d'hier.

Je ne peux pas lui en vouloir. Je traverse donc la pièce et dépose mes affaires sur le bureau. Il ne dit rien, me laissant le soin de dissiper notre gêne.

Je cherche encore une remarque amusante et insouciante quand il déclare :

— Ce qui s'est passé hier était une anomalie. Oubliez ça. Moi, j'ai déjà tourné la page.

OK. Le message est clair et net. Salaud.

Ma réaction est parfaitement injuste puisque, au fond, je *veux* qu'il oublie mon écart. Mais la manière hautaine dont il me remet à ma place m'agace plus que de raison.

Il continue à me dévisager et, pendant un instant atroce, je crains d'avoir parlé tout haut. Au bout de quelques secondes, il m'indique le siège face à lui et je fais de mon mieux pour ne pas m'y jeter dans mon soulagement.

— J'ai examiné les propositions préliminaires que vous m'avez faites, et j'ai quelques questions.

— C'est pour ça que je suis là.

Je croise les mains sur mes genoux en faisant de mon mieux pour paraître posée, efficace, alors que tout ce à quoi je suis capable de penser, c'est :

« Vous êtes l'homme le plus *sexy* que j'aie jamais embrassé ! »

— La campagne publicitaire que vous prévoyez pour l'hôtel est très claire, mais j'aimerais que vous me précisiez ce que vous pensez faire pour rendre notre nom plus vendeur.

Il indique mon portfolio d'un geste et reprend :

— Mais vous avez mentionné une présentation plus détaillée. Peut-être aimeriez-vous la faire avant de répondre à mes questions ?

— Oui.

Quelle idiote répond par des monosyllabes ? Gênée, j'allume mon ordinateur en faisant de mon mieux pour ignorer son regard impénétrable.

Il essaie de me mettre mal à l'aise, en me dévisageant comme s'il n'arrivait pas à me cerner. Soit, bienvenue au club ! Comment peut-il prétendre que notre baiser d'hier n'a aucune importance ?

Quoique, techniquement, ce soit bien le cas. Un simple flirt entre deux adultes sur une plage au clair de lune... Ce genre de choses doit arriver tous les jours sur une île comme celle-ci. Pour moi, ce n'était qu'un bug momentané dans notre relation de travail, provoqué par une ébriété passagère. Et pour lui ? Quelle excuse a-t-il ?

— Vous réfléchissez trop.

Mes doigts se figent sur le clavier, tandis que je programme ma présentation. Cette simple remarque me fait perdre tous mes moyens.

— N'êtes-vous pas embarrassé, vous ? dis-je du tac au tac, m'attendant à ce qu'il me rembarre.

Après tout, c'est lui qui a amené le sujet sur la table une seconde fois. Je préfère qu'on en finisse une bonne fois pour toutes, qu'on règle le problème, plutôt que de passer des semaines à travailler dans un climat tendu et oppressant.

— Peut-être un peu.

Il hausse les épaules, ce qui tend un peu plus le tissu de sa chemise sur son torse.

— Mais c'est arrivé. On ne peut rien y faire. Inutile de ruminer, n'est-ce pas ? Nous sommes des adultes, nous avons agi sans réfléchir. Pourquoi s'en faire ?

Je ne m'en fais pas – à part pour mon désir irrésistible de faire plus que l'embrasser, la prochaine fois. Je ne peux pas m'empêcher de jeter un coup d'œil à ses lèvres, me souvenant de leur chaleur sur les miennes.

— Ne faites pas ça, murmure-t-il soudain.

— Faire quoi ?

Je m'efforce de paraître innocente, alors que je suis plus nerveuse que jamais. Il veut oublier notre baiser, très bien ! Mais quelque chose, dans sa voix, me rabaisse alors que ce que nous avons partagé hier était extraordinaire.

— Ne me regardez pas comme si vous vouliez recommencer.

Il tient très bien son rôle, mais je surprends un appétit dans ses yeux qui répond à ma propre fébrilité. Bon sang, on est mal partis… Parce que, en dépit de nos protestations réciproques, nous ne pouvons pas ignorer la tension brûlante qui existe entre nous. Je la perçois très clairement, palpitant là où je veux le plus sentir cet homme – au cœur de ma chair.

Je gigote inconsciemment sur mon siège. Ça ne m'aide pas. Oui, on a un problème. Je décide donc de me réfugier dans l'humour pour rendre l'atmosphère plus respirable. Tendant la main, je fais semblant de prendre des notes sur ma paume.

— Très bien. Pense-bête pour Daisy : ne jamais embrasser un homme sexy sur une plage.

Une flamme de désir traverse son regard et je serre les jambes, envahie par un flot de chaleur étouffant, comme si je m'étais tenue trop près du cratère d'un volcan. Après une longue pause, il murmure de sa voix grave :

— Heureux de savoir que vous me trouvez sexy…

Voilà ce que ça donne, de jouer à la plus maligne ! Il y a toujours un moment où ma bouche va plus vite que mon cerveau. J'aurais dû éviter d'attirer son attention sur mon point de vue.

— Bon, ma mission est de vous aider à redorer votre image. Allons-y !

— Votre mission, c'est de redorer l'image de mon hôtel, précise-t-il en se penchant vers moi, à la fois souriant et insupportable. Moi, je m'en sors très bien sans votre aide.

Une nouvelle vague de chaleur me monte aux joues, brûlante, mortifiante. J'aurais dû tourner les talons à l'instant même où j'ai passé la porte de son bureau. Mais il faut que je fasse de cette mission mon plus grand succès, même si ça m'oblige à affronter cet homme insondable. J'en suis capable.

Peut-être que je suis partie du mauvais pied ? Si j'admets ce que nous avons partagé d'un air léger, pourrons-nous enfin nous concentrer sur notre travail ?

— Écoutez, il faut vraiment que nous tournions la page. J'ai agi sans réfléchir, hier soir, chose que je ne fais jamais. Et ce n'était qu'un baiser, rien d'important.

Ses yeux s'écarquillent. Est-il surpris par ma franchise ?

— Quant au débat concernant vos charmes, je n'ai pas l'habitude d'embrasser les hommes que je ne connais pas. J'ai rompu mes fiançailles l'an dernier et je n'ai pas eu beaucoup d'aventures depuis. Alors, étant donné ce qui s'est passé hier, je dirais que ma libido en manque vous a trouvé sexy, que je le veuille ou non.

C'est un autre de mes défauts, quand je suis mal à l'aise. La diarrhée verbale. Hélas, il est trop tard pour me reprendre et Hart me dévisage déjà d'un air choqué.

Je me mords la lèvre et replonge sur mon clavier pour lancer ma présentation.

— Maintenant que nous avons réglé cette question gênante, passons à la suite…

Il acquiesce et je pourrais l'embrasser de nouveau – de reconnaissance. Il ne me quitte pas des yeux pendant tout mon exposé, sans ciller. Jamais je n'ai été plus heureuse de mon obsession pour la préparation. Si je n'avais pas eu mon support visuel, j'aurais été absolument incapable d'aligner deux mots.

Je dévide mon argumentaire concernant les campagnes sur les réseaux sociaux, les séances photo, les améliorations à apporter au site web. J'arrive même à paraître presque intelligente sous le feu de son regard troublant.

Quand j'achève mon exposé en proposant des envois en masse de newsletters à toutes les grandes agences de tourisme du monde, je me redresse, prête à refermer mon ordinateur.

— Votre travail est excellent.

Il pose les mains sur son bureau et joint les doigts, comme un cadre chenu qui aurait deux fois son âge.

— Mais vous pouvez tout de suite oublier la plupart de vos propositions.

J'ai peine à cacher ma stupéfaction.

— Que voulez-vous dire ?

— Je ne ferai pas ça.

En cinq petits mots, il me fait comprendre que le combat le plus important de ma vie est lancé. Et ce ne sera pas une partie de plaisir.

5.

Hart

Le petit génie de la com me dévisage d'un air abasourdi – et pas féminin du tout. Ses yeux noisette flamboient, traversés d'étincelles vertes et or qui trahissent sa colère. Je les ai déjà remarquées, ces étincelles, quand j'ai dénigré le baiser d'hier, en faisant comme si ce n'était rien. Un sacré baratin, étant donné qu'il m'a tenu éveillé toute la nuit…

Quand elle a passé la porte de mon bureau, pimpante et pleine d'optimisme, j'ai été surpris par mon désir soudain et irrationnel de la coucher sur mon bureau. Je n'ai pas l'habitude d'être impulsif et le fait que son audace m'ait poussé à l'embrasser sur la plage a déjà excité ma nervosité toute la matinée. Mais j'ai préféré faire comme si de rien n'était. Jusqu'à ce que Daisy apparaisse et me rappelle à quel point c'était bon…

J'ai très bien caché ma réaction. Il faut dire que je suis passé maître dans l'art du camouflage. Personne n'a jamais su lire dans mes pensées ; à part Pa… et jusqu'à un certain point seulement.

Jamais je ne comprendrai où il a trouvé la patience de dompter un adolescent de seize ans en colère et récalcitrant pour faire de moi ce que je suis devenu. Après avoir découvert mon existence, n'importe quel homme sage se serait débarrassé de moi avec quelques chèques. Mais Pa a insisté pour que je vienne vivre avec lui. Il m'a envoyé finir mes deux dernières années d'études dans l'une des meilleures écoles, a financé mon diplôme universitaire. Bref, il m'a tout donné.

Mais ce n'est rien de tout ça qui a laissé la plus forte impression en moi. Ce qui m'a poussé à lui faire confiance, en fin de compte, c'est son inaltérable foi en mes capacités, alors qu'il ne m'a jamais vraiment connu. J'aurais seulement aimé m'en rendre compte plus tôt et trouver la force de le lui dire.

— Que voulez-vous dire : vous ne ferez pas ça ?

Daisy frémit, comme un petit hérisson indigné, ce qui la rend encore plus séduisante. Ses cheveux couleur de miel sont rassemblés en un chignon flou au sommet de sa tête, sans doute pour la faire paraître plus grande. Elle mesure un mètre soixante maximum et son corps offre toutes les courbes qui font rêver les hommes. Je me suis laissé aller à mon désir pendant quelques instants hier, mais maintenant que nous commençons à travailler, je ne peux plus me permettre de la toucher. Et pourtant, Dieu sait si j'en ai envie !

Tout ça me met les nerfs à vif.

— À moins que vous ayez des problèmes d'audition, vous pouvez considérer ce que j'ai dit comme évident, non ? Je ne me plierai pas au jeu des réseaux sociaux. Ce n'est pas mon truc, de mettre en ligne des niaiseries pour que le monde entier les lise ; tout ça dans l'espoir que les gens trouvent mon entreprise « sympathique ».

Je ne peux m'empêcher de ponctuer ce discours par un geste imitant des guillemets – chose que je déteste d'habitude.

— Et je ne ferai pas de séances photo pour promouvoir l'hôtel. Vous n'aurez qu'à fixer votre objectif sur le paysage, l'océan, l'île et tous les atouts du complexe, tout simplement.

Je pointe un doigt menaçant dans sa direction avant d'ajouter :

— De plus, il est absolument hors de question que je fasse la moindre interview en direct ou la moindre vidéoconférence sur la plage !

Si elle frémissait déjà de colère après mon premier refus, elle est à présent livide. Avec deux taches rose vif sur les joues, qui rendent ses yeux encore plus brillants. Les mains qu'elle a posées sur le bureau sont si crispées que ses articulations ont blanchi.

Quand je la vois conjurer un sourire pâle et trop poli pour être honnête, je comprends que je ne vais pas apprécier ce qui va suivre.

— C'est vraiment dommage, étant donné que vous étiez prêt à faire bien pire sur cette plage hier soir.

Dans le mille ! Elle a su sans effort atteindre mon point faible : cette stupide attirance que j'ai pour elle. Je sais pourtant que je ne devrais pas fantasmer sur une femme qui va travailler sous mes ordres.

Cette idée fait naître une flopée d'images indécentes et mon sexe se redresse sous ma braguette.

Il faut admettre qu'elle a du cran. N'importe quelle autre fille se plierait à ma volonté sans chercher à résister, impressionnée par ma fortune et mon statut. Je possède quinze hôtels cinq étoiles à travers tout le pays ; les médias ont fait des gorges chaudes de la mort de Pa et de mon retour pour prendre sa place. C'est pour ça que j'ai décidé d'engager une agence de com : parce que les premières critiques ont été sévères.

Les journalistes ne se sont pas privés de déterrer les détails de la mauvaise santé de Pa et de la baisse du chiffre d'affaires de l'entreprise, tirant des conclusions hâtives et le dépeignant comme un vieillard gâteux incompétent, incapable de prendre sa place dans le XXIe siècle. Inévitablement, les réservations de la saison ont chuté, comme si tout le monde s'attendait à voir les hôtels fermer leurs portes du jour au lendemain. Gem Island a subi le plus fort de la tempête et, comme c'était l'hôtel préféré de Pa, cela m'a poussé à agir.

D'où l'arrivée de Daisy Adler, avec son tailleur noir trop serré, plus adapté aux gratte-ciel de verre d'une grande ville, son maquillage impeccable, ses escarpins vertigineux et ses yeux expressifs qui veulent m'attirer dans une tornade que je n'ai aucune intention de revivre.

Elle est intelligente. Ses idées sont originales

et claires. J'ai besoin d'elle pour redorer le blason de l'empire Rochester. Je vais donc être obligé de prononcer ce mot en « C » que je déteste :

— Je veux bien discuter d'un compromis.

Cette concession m'étrangle un peu. Je ne suis pas fait pour travailler en équipe. Lorsque je m'occupe de mes fondations d'aide aux enfants placés, dans le monde entier, j'ai une autonomie absolue. Je fonctionne mieux comme ça. Peu de gens savent que je m'échine à créer des centres d'accueil dans les villes les plus touchées par la misère et je préfère conserver cet anonymat. La dernière chose dont j'ai besoin, c'est mon visage brandi comme un flambeau de l'enseigne Rochester. Ça risquerait d'effrayer les enfants, de leur donner l'image d'un riche crétin qui s'achète une conscience, et non celle d'un homme qui a été comme eux et qui veut les aider.

Je n'ai pas besoin d'acclamations ni de publicité pour le travail que j'accomplis avec ces gamins. Je n'attends rien en retour.

Je les aide, parce que c'est ma façon de rendre au monde tout ce qu'on m'a donné.

— Vous voulez bien discuter d'un compromis ? Quelle chance j'ai ! réplique-t-elle avec une pointe de sarcasme qui me donne envie d'éclater de rire.

Jamais je n'ai rencontré de personne comme elle. Est-elle seulement capable de se laisser intimider ?

— Je pourrais vous virer tout de suite, dis-je. Vous le savez, non ?

Elle accuse le coup sans frémir.

— Vous le pourriez, oui. Mais vous ne le ferez

pas, parce que vous avez besoin que je vous aide à acquérir une bonne image aux yeux du public.

Son regard hautain me détaille de la tête aux pieds.

— Et ce sera déjà une tâche assez difficile sans que vous veniez mettre votre veto à chacune de mes propositions.

Cette fois, je ne peux réprimer mon hilarité. Elle a du cran, de la repartie, et plus de courage que toutes les autres femmes que j'ai rencontrées dans ma vie.

Les filles que j'ai connues dans mes familles d'accueil étaient rebelles, mais ce masque cachait toujours de la peur. J'avais l'impression de me voir dans un miroir. Plus tard, quand j'ai commencé à naviguer dans les cercles sociaux de Pa, j'ai croisé un grand nombre de femmes humbles en apparence mais calculatrices, plus impressionnées par l'argent que par quoi que ce soit d'autre.

Daisy, elle, est… unique. Elle n'a pas peur de moi. Elle n'est pas troublée, et elle ne semble reculer devant rien.

— Ravie que vous me trouviez drôle !

Sa colère a fondu, remplacée par quelque chose de plus inquiétant : de l'audace.

Je le vois dans son regard franc qui soutient le mien sans ciller, comme pour m'interroger. Et sa bouche est moins pincée. Elle sourit presque.

— Je pense beaucoup de choses de vous, mais « drôle » n'est clairement pas au sommet de la liste.

Les paillettes sensuelles qui illuminent ses yeux pétillent de nouveau, plus brûlantes qu'avant.

— Dites toujours.

Je ne peux pas faire ça. Je ne dois pas faire ça. Mais je n'ai encore jamais reculé devant personne et il est hors de question de commencer maintenant – même si ça aurait été la chose la plus sage.

— Vous avez confiance en vous. Un peu trop, même.

Elle ne relève pas, se contentant de hausser un sourcil d'un air provocateur qui me pousse à continuer.

— Je vous trouve aussi très impertinente pour quelqu'un qui sera plus ou moins mon employée pendant les semaines à venir.

L'autre sourcil se redresse.

— Il y a une différence entre impertinence et franchise. Au cas où vous ayez un doute, je penche plutôt du côté de cette dernière.

— Et voilà, encore de l'insolence !

Elle lève les yeux au ciel et je dois réprimer un nouvel éclat de rire.

— Pour finir, au risque de revenir sur un sujet déjà abordé, vous êtes aussi extrêmement attirante.

— Hé ! s'écrie-t-elle en pointant un doigt dans ma direction. Vous m'avez critiquée parce que je regardais vos lèvres tout à l'heure, alors je ne vous laisserai pas dire ce genre de choses maintenant.

— Vous vouliez la liste : je vous l'ai donnée, dis-je en haussant les épaules. Quelle importance, après tout ?

Mon sourire faussement innocent ne l'atteint pas. Elle est futée.

— Je vous enverrai par mail le contenu de mes propositions, reprend-elle en fermant son ordinateur et son portfolio pour se lever. Je vous conseille d'y jeter un coup d'œil et nous pourrons en reparler cet après-midi.

J'aurais dû la laisser s'en tirer avec ce retour au professionnalisme, mais ce n'est pas amusant… Peu de choses ont le pouvoir de me dérider, ces jours-ci, et je n'avais pas ri depuis très longtemps. Daisy Adler, avec ses différentes facettes fugaces – de l'audace au pince-fesses, de la plaisanterie au sérieux – a réussi à me faire lâcher prise en moins d'une demi-heure.

— Nous devrions peut-être reporter notre entretien à ce soir, à l'occasion d'une nouvelle promenade sur la plage ?

Ses formidables lèvres luisantes de gloss se pincent de nouveau avec sévérité.

— Je viendrai vous voir à 14 heures.

Sur ce, elle glisse ses affaires sous son bras et se dirige vers la porte, plus droite et raide qu'un bâton. Son derrière est ravissant et je me souviens de sa forme sous mes mains. Ses fesses ont empli mes paumes, douces et fermes à la fois. Souples.

Comme si elle avait lu dans mes pensées, elle s'arrête un instant sur le seuil et me jette un regard désapprobateur par-dessus son épaule.

Je souris encore quand elle quitte le bureau en claquant la porte derrière elle.

6.

Daisy

Incroyable.

Hart a cédé.

Enfin, techniquement, il a simplement accepté de faire quelques photos dans des endroits stratégiques de l'île, mais c'est un début. Je suis sûr que je pourrai le pousser à accepter tous mes projets en moins de temps qu'il n'en faut pour dire « Je suis un casse-pieds ». Parce que c'est ce qu'il est. La manière dont il m'a prise de haut, juste pour essayer de me draguer l'instant d'après… J'aurais pu le gifler.

Mais j'ai été obligée de faire bonne figure. Surtout quand il m'a rappelé qu'il avait le pouvoir de me virer. Cette menace m'a terrifiée. J'ai néanmoins pris un risque. Plutôt que hisser le drapeau blanc, je l'ai provoqué davantage et ça a marché. J'ai déjà eu affaire à des types comme lui : ils ne respectent que le courage et il ne faut pas leur montrer qu'on a peur.

Malheureusement, mon plan a failli se retourner

contre moi quand il a été excité par mon audace – en tout cas, c'est ce que ses regards me disaient. Il est passé de la bouderie à la curiosité, comme s'il n'arrivait pas à me cerner.

C'était déjà assez difficile comme ça de l'affronter après l'avoir embrassé. Le jonglage mental entre mon esprit logique et mon désir intérieur, quand j'ai pénétré dans son bureau, aurait pu ressembler à ça :

Pourquoi diable a-t-il fallu que tu tombes sur Hart Rochester quand tu as décidé de bécoter le premier inconnu un peu sexy sur la plage ? Qu'est-ce qu'il a de si spécial pour que tu aies envie de te débarrasser de ta culotte dès que tu le vois ? À quoi est-ce que tu pensais en te jetant sur lui comme ça ?

Je ne pensais pas, point final. C'est un maître du baiser, il est sexy, et je suis trop seule en ce moment. Je n'ai pas pu me retenir, même si je dois travailler avec lui. Bon sang, il est craquant ! Encore plus beau que dans l'obscurité de la nuit. Est-ce que ce serait vraiment mal de me coucher sur son bureau et de lui demander de me faire l'amour, ici et maintenant ?

Heureusement, j'ai réussi à me contrôler, à paraître calme et cohérente pendant tout notre entretien. Mais pas une seconde ne s'est passée sans que j'aie conscience de son corps, de ses yeux énigmatiques posés sur moi qui me dissimulaient ses pensées. Ça n'a été qu'après son premier éclat de rire que j'ai pu deviner quel genre d'homme il est vraiment : drôle, intrigant, vivant.

Ce dernier détail m'a particulièrement surprise,

parce que, en entrant dans la pièce et en le voyant assis derrière son bureau, après avoir balayé notre gêne mutuelle, j'ai eu l'impression de parler à un robot. Comme s'il se contentait de suivre le mouvement. Comme s'il n'avait aucune envie d'être là.

Je suis douée dans mon travail, mais toutes les relations publiques du monde ne pourront pas l'aider s'il fait cette tête à chacune des interventions que j'ai prévues pour lui. C'est pourquoi je suis prête à tout pour le dérider.

— Et si nous commencions par quelques photos informelles ? dis-je en lui tendant l'une des tenues que je lui ai demandé d'apporter aux cabines qui entourent la piscine.

Il examine le polo rouge et le short bleu marine comme si je lui avais demandé de se déguiser en poulet. Il va renoncer, c'est sûr… Non, il finit par hausser les épaules et jette un rapide coup d'œil autour de lui.

— Où dois-je me changer ?

Je me retiens in extremis de lever les yeux au ciel. Il essaie délibérément de rendre la chose aussi compliquée que possible et ma patience s'use vite – d'autant plus que ça fait déjà une heure que nous sommes là.

Je me tapote le menton du bout du doigt en prenant un air pensif.

— Je ne sais pas… Peut-être dans une cabine ?

— Mais les rideaux sont fins, on va tout voir au travers, objecte-t-il, avant de se pencher pour me glisser à l'oreille : À moins que ce soit le but, coquine ?

Je réprime tant bien que mal un éclat de rire. Je lui réponds du tac au tac, audacieuse :

— Crois-moi, chéri, si je voulais tout voir, je ne t'aurais pas fait descendre ici.

— On serait allés où, alors ?

Il ne s'est pas redressé. Il reste penché sur moi exprès, pour me provoquer, et je réponds donc dans la même veine :

— Dans un endroit privé, parce que je n'aime pas avoir de public pour ce que j'ai en tête.

Il lâche un petit gargouillement étranglé et recule enfin. Un point pour moi.

Je me détourne délibérément quand il passe dans la cabine la plus proche. Mais je suis humaine, et follement attirée par lui, ce qui fait que je ne peux pas m'interdire un rapide coup d'œil.

Mauvais choix ! Je ne peux pas *voir* quoi que ce soit en détail, mais j'en devine assez… Les rayons du soleil filtrent à travers la toile de la cabine et projettent l'ombre de Hart sur le mur d'en face. Il me tourne le dos et je le vois se débarrasser de sa chemise, puis de son pantalon. Sa silhouette a tout d'un apollon : des épaules larges, une taille fine et de longues jambes musclées.

Il se tourne à demi et ma gorge s'assèche quand je devine la bosse dans son boxer. C'est bon de savoir que je ne suis pas la seule à être excitée. Je continue à l'observer tandis qu'il enfile son short et passe le polo par-dessus sa tête. J'ai chaud, je brûle de la tête aux pieds. Fichu soleil tropical ! C'est mon excuse, et je m'y tiens.

J'ai de la chance : le photographe est en train de changer d'objectif et il ne remarque pas mon trouble. Je me tourne pour attraper une bouteille d'eau dans la glacière qu'on a laissée à portée de main et la frotte contre mon front.

— On transpire un peu trop ?

Je manque de lâcher la bouteille. Hart s'est approché dans mon dos sans un bruit, le sournois. Sa voix est mielleuse, comme s'il savait très bien que je l'ai espionné.

Je le dévisage, agacée par son sourire et son regard lourd de sous-entendus. Et, soudain, je me rends compte d'une chose. S'il avait choisi une cabine de l'autre côté pour se changer, je n'aurais rien pu voir. Ce qui ne peut signifier qu'une chose…

Il *voulait* que je le regarde.

Eh bien, moi aussi, je sais jouer à ces jeux-là. Sans doute mieux que lui, d'ailleurs.

— Oui, il fait une chaleur à mourir, ici, dis-je.

Cette fois, je frotte la bouteille sur mon décolleté et la condensation mouille un peu ma peau.

Il paraît subjugué lorsqu'il contemple ma poitrine comme s'il voulait lécher chaque goutte d'eau. Cette pensée me fait frissonner. J'ai enfilé une robe de plage après notre second rendez-vous. Le décolleté n'est pas particulièrement plongeant, mais le peu de peau qu'elle révèle est à présent tout humide et il ne me quitte pas des yeux.

— Tu es…

Il a relevé la tête et soutient mon regard. Ses pupilles sont dilatées, au milieu de tout ce bleu. Clairement, je suis en train de gagner la bataille.

— Quoi ? On se tutoie maintenant ?

— Pourquoi pas ?

— D'accord… Alors je suis quoi ?

Je le dévisage, le mettant au défi de dire ce qu'il pense. Hélas, il se contente de marmonner quelques mots incompréhensibles et se détourne. Il bat en retraite et manque de peu le signe de victoire que je fais dans son dos.

— Je vois ton reflet, dit-il d'une voix plus amusée qu'agacée, me rappelant que nous nous tenons près de la buvette climatisée entourée de vitres.

— Tant mieux. Dans ce cas, tu peux voir à quel point je suis ravie que cette séance photo se passe bien.

Il me fait de nouveau face. Ses pupilles ont retrouvé leur taille normale et il semble avoir repris beaucoup trop vite le contrôle de ses émotions. Il va falloir que je change ça. Je n'ai pas encore achevé de lui faire payer sa petite provocation avec la cabine.

— Où veux-tu que j'aille, maintenant ? demande-t-il.

Je lui lance un sourire des plus innocents.

— Si tu veux la version tous publics, je te conseille de prendre une pose détendue accoudé au bar.

Il ravale sa salive.

— Et pour la version adulte ?

Je me penche un peu vers lui. Son inspiration

nerveuse me prouve qu'il n'est pas aussi calme qu'il veut en avoir l'air.

— Pour celle-là, tu vas devoir te montrer beaucoup plus gentil avec moi…

En dépit de notre décision logique d'oublier notre baiser imprudent, une part de moi aurait envie qu'il me provoque, qu'il avoue son désir de recommencer, en allant beaucoup plus loin, cette fois.

Je me prépare à ce qu'il prenne la tangente et mette fin à notre petite joute verbale.

— Je croyais qu'on avait choisi de ne pas prendre ce chemin-là, dit-il d'une voix un peu rauque.

— On flirte un peu, ce n'est pas méchant !

— Oui, mais si tu me pousses trop loin, laisse-moi te prévenir qu'on ne se contentera pas de flirter.

Je résiste à l'envie de faire un nouveau V victorieux.

— Promesses, promesses…

Il passe une main sur son front, comme s'il essayait d'oublier ma présence.

— C'est une très mauvaise idée, soupire-t-il.

— Il y en a de pires : les chaussettes montantes, les cheveux gaufrés, les gros chouchous, les jeans délavés, dis-je tranquillement en énumérant tout ça sur mes doigts.

— Je suis ravi d'apprendre que tu es fan des années quatre-vingt, mais on peut rester sérieux deux minutes ?

OK, à en croire la grimace torturée qui lui échappe, je suis peut-être allée un peu loin.

— Je n'aime pas mélanger les affaires et le plaisir.

Je hausse les épaules.

— Moi non plus. Nous sommes tous les deux adultes, non ? Je suis sûre que nous saurons séparer ce qui peut arriver ici de ce qui se passera là-bas.

J'indique d'un signe les luxueuses villas disséminées dans le parc tropical derrière lui.

— À moins que tu n'aimes le faire que sur la plage.

— Merde, lâche-t-il simplement.

Il se passe une main dans les cheveux et je prends note de les lisser de nouveau avant la prochaine série de photos.

Il est déchiré. Je le vois dans les ombres qui traversent son regard comme autant de nuages orageux, et dans le petit rictus qui déforme ses lèvres. Il a envie de moi, mais il n'est pas homme à céder le contrôle.

J'ai même un peu pitié de lui.

— Le photographe est prêt pour une autre série de poses. Si tu allais t'installer au bar ?

Il me dévisage un instant et je vois passer dans ses yeux quelque chose qui me redonne espoir : de l'indécision.

— On n'en a pas fini, tous les deux, dit-il.

— J'espère bien.

Je lui indique la direction du bar avec un sourire ravageur qui, je l'espère, suffira à cacher mes propres doutes à propos de toute cette histoire.

7.

Hart

Ça fait bien trop longtemps que je n'ai pas couché avec une femme. Il faut vraiment que je remédie à ça si je veux arrêter d'imaginer ma chargée de relations publiques plaquée entre le mur le plus proche et moi.

Elle me rend fou.

Ce n'est pas bien, je le sais. Nous devons travailler et ça ne facilite pas les choses. Mais, d'un autre côté, elle ne restera pas longtemps sur l'île. Quatre semaines, maximum. Pourquoi ne pourrions-nous pas nous laisser aller à une petite parenthèse sexy, qui finirait tout naturellement à son départ ?

Parce que je suis réaliste. Et parce que je sais que le sexe sans lendemain n'est qu'un mythe.

J'ai toujours veillé à ne pas fréquenter une même femme plus d'une semaine, même hors du lit. Ça ne fait pas de moi un don Juan. Ça fait de moi un homme intelligent. Les femmes avec lesquelles je couche connaissent les règles : nous sommes ensemble pour un court moment, un simple soulagement physique. Pour nous amuser.

Mais je soupçonne Daisy d'être du genre à hanter un homme très longtemps après la fin d'une aventure. J'aime sa manière de ne jamais renoncer, la vivacité de ses remarques et ses courbes sous ses robes. Oui, je ne suis qu'un abruti superficiel, narcissique, mais je n'arrive pas à la chasser de mon esprit et je commence à avoir peur de ne pas pouvoir me débarrasser de cette obsession tant que je ne l'aurai pas assouvie.

Après la séance photo, Kevin est revenu pour me faire la leçon sur les projections financières du prochain trimestre, que je n'ai pas examinées, et sur les réservations qui continuent à baisser. J'aimerais pouvoir m'attirer tout le blâme. J'aurais plaisir à annoncer au monde de l'hôtellerie qu'en fait, je ne suis qu'un hippie, un nomade venu détruire l'empire de Pa pierre par pierre. Je serais prêt à tout pour que la presse cesse de salir le nom de Pa, ce qu'elle fait depuis bien trop longtemps déjà. Mais la seule solution efficace reste de hisser de nouveau les hôtels Rochester au sommet de l'échelle. Je vais leur montrer ce dont je suis capable !

Il y a une chose que peu de gens savent à mon sujet : je n'abandonne jamais. Je n'ai peut-être pas demandé à tenir ce rôle, seulement, maintenant que je suis là, il est hors de question que je me rate et que je trahisse Pa. Et pour ça, j'ai un plan : je vais encourager les clients à faire de nouveau confiance à la franchise Rochester, réorganiser la hiérarchie, puis partir.

Parce que je ne pourrai jamais vivre enchaîné à un bureau. Ça me tuerait. J'ai déjà essayé, quand Pa a commencé à s'investir pour moi. J'ai travaillé à ses côtés pendant deux ans après mon diplôme, j'ai fait bonne figure comme si j'étais né pour diriger des hôtels.

Pa m'a tout de suite démasqué. Il a inventé un poste sans importance pour moi, afin que je puisse voyager autant que je le voulais sans pour autant quitter officiellement l'entreprise. J'ai gâché ça aussi. Je me suis plus concentré sur l'aide aux enfants placés que sur cet emploi de façade. Savoir que j'ai laissé tomber Pa me culpabilise encore plus : je n'ai même pas pu accomplir correctement le peu de boulot qu'il me demandait. Je me suis longtemps senti comme un charlatan. Maintenant encore.

Jamais je ne comprendrai comment ce magnat ronchon a pu m'accueillir dans son monde et m'offrir ce dont j'avais le plus envie : une famille. Il a été mon amarre émotionnelle pendant tant d'années – mon unique amarre – et je me sens mourir depuis qu'il n'est plus là.

Mais Daisy a changé la donne.

Elle est la première personne auprès de qui je ne me sens pas frustré ou isolé, même si ce qu'elle réveille en moi n'est que du désir. Ce serait donc idiot de ne pas en profiter. Elle doit bientôt me rejoindre sous prétexte de trouver de nouveaux panoramas pour ses fichues séances photo… Pour rendre l'image de l'hôtel plus attrayante dans la jungle des médias. Elle insiste pour qu'on me voie comme un élément de cette nouvelle image, afin d'éveiller la confiance des clients et leur foi en nous.

Quelles conneries ! Elle perd son temps. Mon visage est de ceux qui effraient, au contraire… Mais je dois à tout prix réussir cette campagne si je veux fuir un jour ce bureau pour retrouver le travail que je fais le mieux : aider les gosses comme moi. Des enfants méfiants, en colère, terrifiés, qu'on a abandonnés dans les services sociaux du monde entier. Ils ont besoin de moi, même s'ils ne le savent pas, tout comme moi, j'ai eu besoin de quelqu'un autrefois.

Pa a été mon sauveur, mais j'avais déjà vu et vécu trop d'horreurs à seize ans pour redevenir un enfant normal. Certains disent maintenant que je souffre du complexe de Dieu. C'est faux. Je ne suis pas assez narcissique pour penser que je peux contrôler tout ce qui m'entoure ; mais quand je vois ces gamins, je sais que je suis prêt à tout pour leur offrir une meilleure vie que celle que j'ai vécue pendant mes seize premières années.

Soudain, j'entends chantonner et la tension qui m'étouffe s'apaise un peu. Daisy a décidément un faible pour les années quatre-vingt, parce que, en s'approchant des grottes, elle se laisse aller à entonner un tube des Rolling Stones – elle chante un peu faux, mais c'est mignon.

Je souris, ce qui est étrange parce que ça ne m'arrive pas souvent. Oui, un pic de passion rapide et jouissif avec cette femme audacieuse, pétillante, serait exactement ce qu'il me faudrait pour me détendre et me concentrer enfin sur mon travail.

Elle s'arrête un instant à l'entrée de la grotte et protège d'une main ses yeux du soleil pour scruter les profondeurs.

— Par ici.

Je lui fais signe. À l'instant où elle m'aperçoit, son visage s'illumine. Ce n'est pas bien. Je ne suis pas un type pour elle – pas le genre d'homme qu'elle serait en droit d'espérer, en tout cas. Mais je ne lui aurais pas demandé de me rejoindre ici si je n'avais pas autre chose que le travail en tête. Et j'ai fini de me mentir.

J'ai envie de Daisy.

— Tu ne vas quand même pas m'abandonner là à la marée montante en espérant que je disparaisse en mer ? lance-t-elle, mutine.

Elle entre dans la grotte et baisse la main qui couvrait ses yeux. À peine s'est-elle habituée à la pénombre qu'elle tourne sur elle-même d'un air émerveillé.

— Waouh, c'est spectaculaire !

— Je me disais que tu pourrais aimer. Pour les photos.

J'ai ajouté ces derniers mots précipitamment, d'une voix froide qui ne me plaît pas du tout, comme si je n'avais aucune envie d'être là. Je ne suis pas très sociable, je ne l'ai jamais été. Et je n'aime pas me sentir aussi excité par une femme. Elle me donne l'impression d'être encore plus bourru que d'habitude.

— Dans quelques heures, quand le soleil viendra illuminer les parois, ce sera encore plus beau.

— On dirait un endroit sorti d'un conte de fées !

Elle arrête de tourner sur elle-même et pose sur moi un regard ébloui. Bon sang, je ne suis pas le chevalier blanc qu'une femme comme elle mérite. Je devrais partir. Tout de suite. Mais mon sexe n'est pas de cet avis.

— Comment as-tu trouvé cet endroit ?

— C'était mon refuge, quand Pa m'a fait venir sur cette île pour la première fois.

Pourquoi suis-je si honnête, d'un seul coup ? Une partie de l'éclat de ses yeux s'éteint face à ma froideur. Il ne me reste plus qu'à espérer qu'elle oublie mes confidences imprudentes et passe vite à autre chose.

— Et c'était quand ?

Pas de chance.

— Il a découvert mon existence quand j'avais seize ans, donc je dirais aux environs de mon dix-septième anniversaire.

Elle veut m'en demander plus. Je le vois dans la curiosité qui se dessine sur ses traits. Mais elle me surprend en murmurant :

— C'est une cachette parfaite pour un ado.

J'acquiesce, gêné comme chaque fois que je dois parler de mon passé.

— Je venais avec un livre, de quoi grignoter et je traînais ici pendant des heures. J'adorais ce calme.

Après avoir grandi dans des foyers d'accueil où les cris étaient bien souvent la seule méthode de communication, j'ai cru découvrir le paradis avec cette grotte. Ça fait dix ans que je n'y ai pas remis les pieds, et je commence à regretter d'avoir proposé à Daisy de m'y retrouver. C'est trop important à mes yeux. Je suis dépassé. Ma gorge se noue et je sens un casque serrer mon crâne de plus en plus fort, jusqu'à en avoir mal.

— Quelque chose ne va pas ?

Dire que j'ai toujours été si fier de mon masque impassible, surtout au poker…

— Allons chercher d'autres lieux intéressants.

Si elle remarque ma panique soudaine, elle n'en dit rien. Mais elle fait quelque chose d'encore plus terrifiant. Elle se rapproche de moi et se campe si près que je sens sur sa peau le parfum du gel douche exotique développé pour l'hôtel, un mélange entêtant de fraise, de citron vert et de noix de coco. J'aurais presque envie de la gober tout entière.

— Tu vas peut-être me prendre pour une folle, mais je suis très sensible aux ambiances. La sensation qui émane d'une maison, bonne ou mauvaise, ce genre de choses… Et cette grotte dégage quelque chose d'incroyable. J'aimerais bien y rester encore quelques minutes.

— Tu as raison : tu es folle.

Je ne veux pas dire ça. Pas quand elle se tient si près de moi et quand elle me dévisage comme si elle arrivait à lire tous les secrets de mon cœur.

— On me l'a souvent dit.

J'entends une pointe de vulnérabilité dans sa voix et ça m'achève. Je ne veux pas poser de questions. Je ne dois pas. Mais les mots m'échappent sans attendre mon feu vert.

— Tu veux en parler ?

— Pas vraiment, répond-elle, alors que son visage trahit tout autre chose, comme si elle venait de mordre dans un citron.

— Un problème sentimental ?

Quand nous nous sommes tous les deux retrouvés gênés après nous être embrassés, je me souviens vaguement l'avoir entendue dire qu'elle avait rompu ses fiançailles et qu'elle n'avait pas connu beaucoup d'hommes depuis. Quel idiot de lui poser des questions aussi personnelles maintenant, alors que la seule chose qui m'intéresse, c'est de fuir au plus vite !

— Oui, quelque chose comme ça.

Elle soupire et ça me donne envie de la serrer dans mes bras.

— L'an dernier, je me suis fiancée avec un abruti. Le genre de type idéal sur le papier, mais qui n'a plus rien d'adorable une fois qu'on commence à vivre avec…

— Idéal sur le papier ?

Elle lâche un petit rire sans la moindre trace d'humour.

— Le genre de gars dont toutes les femmes tombent amoureuses. Un bon revenu stable, propriétaire d'une maison, charmant, sûr de lui, beau…

— Comme moi, tu veux dire ?

— Tu n'as rien de charmant, toi ! objecte-t-elle en me dévisageant, mais sans vraiment me voir.

Elle est trop hantée par le souvenir de ce crétin qui lui a brisé le cœur.

— Que s'est-il passé ?

— Ce qui devait se passer. Une fois que j'ai emménagé avec lui, je me suis rendu compte que c'était un insupportable maniaque du contrôle. Je l'ai quitté trois mois plus tard.

Elle ne me dit pas tout, c'est sûr. Sa voix nerveuse part dans les aigus et elle secoue sans cesse la tête, comme pour chasser un mauvais souvenir.

— Ça s'est passé il y a un an et je n'ai jamais regretté. La meilleure décision de ma vie…

— Célibataire et heureuse de l'être ?

— Quelque chose comme ça.

Pourtant, à l'entendre, on n'a pas l'impression qu'elle aime vraiment ça. Elle a l'air morose, triste – tout ça grâce à mes stupides questions. Pour me rattraper, je fais une chose encore plus stupide : je la prends dans mes bras et la serre contre moi. Elle est plus petite que dans mon souvenir de la plage. En même temps, ce soir-là, nous n'avons pas vraiment pris le temps de nous faire des câlins. C'était plutôt un assaut brutal.

Elle résiste d'abord avec raideur, puis se laisse aller contre moi, la joue appuyée sur mon torse. C'est bizarre. D'habitude, quand je prends une femme dans mes bras, ce n'est pas pour la réconforter. Cela fait partie des préliminaires et la simple pensée de finir au lit avec Daisy redresse mon sexe dans mon pantalon. Je fais de mon mieux pour le cacher avant qu'elle me prenne pour l'un de ces idiots qui ne sont bons qu'à une chose… Ce que je suis, mais ce n'est pas le moment de le souligner. Pas quand elle se sent si mal.

Pourquoi est-ce qu'il a fallu que j'insiste à ce point ? Je ne fais jamais ça. Je me moque complètement des problèmes des autres parce que j'ai toujours eu bien assez à faire avec les miens. Et voilà que je lui fais un câlin… Qu'est-ce qui m'arrive ?

Elle se crispe soudain et ses bras me serrent un peu plus, puis elle soupire. Quand elle lève la tête pour me regarder, je comprends que j'ai réussi : la tristesse a disparu de ses yeux. J'aurais dû en être ravi. Mais ce qui a remplacé sa douleur est une chose beaucoup plus dangereuse pour moi. Un désir brûlant et assoiffé.

Ses yeux brillent et, quand sa langue vient humecter ses lèvres, je me sens perdre pied.

Je m'empare de sa bouche comme j'ai envie de le faire depuis ce premier avant-goût interdit d'il y a deux jours. Je n'ai jamais percuté les dents d'une femme en l'embrassant avant ce jour, mais là, dans mon empressement, nos incisives se cognent. Soit Daisy s'en moque, soit elle ne s'en rend pas compte car sa langue délicieuse se glisse entre mes lèvres et appelle mon attention. Je la lui donne. Nos langues s'explorent et se mêlent dans un ballet sensuel.

Elle gémit contre mes lèvres tout en passant une jambe autour de ma taille. Je me frotte à elle, pour qu'elle comprenne bien ce que j'ai l'intention de faire – très vite – si elle ne m'arrête pas. Elle continue à m'embrasser. Cette journée va finir comme je l'espérais… Avec moi en elle.

Mais il faut d'abord que je m'assure qu'il ne s'agit pas de l'erreur monumentale que je pressens. Je m'écarte donc à regret et sens sa poitrine se soulever rapidement contre la mienne.

— Tu es sûre de vouloir faire ça ?

Un petit sourire séducteur ourle ses lèvres, me donnant envie de les dévorer de nouveau.

— J'avais une petite envie de gourmandise sensuelle, de toute manière…

— Ne me dis pas que tu aimes faire des trucs bizarres ?

Elle éclate de rire.

— Je n'ai couché avec personne depuis Casper, ça va être à toi de réveiller mon appétit, si on veut. De mettre fin à la disette, tu vois ?

J'étouffe un hoquet de surprise.

— Ton abruti d'ex s'appelle comme le fantôme ?

Elle glousse et je sens monter une étrange envie de l'imiter. Si je souris peu, il m'arrive encore moins souvent de rire.

— Inutile de chercher des explications au-delà du physique. J'ai envie de toi. Tu as envie de moi. Rien de plus compliqué que ça.

Elle tapote mes fesses avec son pied, sa jambe toujours drapée autour de ma taille, et je me rends compte que c'est moi qui perds mon temps en bavardages et en réflexion. En quelques mots, elle a su me rappeler ce que je veux vraiment.

— Donne-moi ma gourmandise, maintenant ! ordonne-t-elle.

Pour toute réponse, je glisse les mains sous sa robe et trouve sans peine ses fesses chaudes et rondes. Elle porte un string, ça me plaît. Je la soulève de terre et elle passe son autre jambe autour de ma taille. Elle est si légère… Quand elle enfouit son visage dans le creux de mon cou, j'ai l'impression d'être un superhéros en train de sauver une damoiselle en détresse. Ça me rend soudain nerveux. J'ai été incapable de me sauver tout seul quand j'étais petit, je ne serai jamais le genre d'homme sur lequel une femme peut compter.

Je la couche doucement sur le sable qui tapisse le fond de la grotte, à l'endroit où j'aimais m'installer quand j'étais ado. Nos bouches se rencontrent de nouveau, affamées et pressantes, tandis que je caresse ses fesses jusqu'à la faire gémir. Je passe mes doigts entre ses jambes, entre les chairs humides de son sexe jusqu'à trouver la petite perle que je cherchais.

Elle est déjà mouillée et mon sexe palpite à chaque mouvement de mon pouce sur son clitoris. Je continue, encore et encore, jusqu'à ce qu'elle se mette à gigoter sous moi, le souffle court.

— C'est si… bon, murmure-t-elle.

Elle se cambre quand je glisse un doigt en elle, puis un deuxième, pour la laisser se préparer à ce que mon sexe fera bientôt.

Elle remue de plus belle et se tend vers moi. Quand elle jouit, c'est avec un gémissement bas qui me surprend. Je pensais qu'elle allait crier, parce qu'elle a tendance à parler fort… Mais il y a quelque chose de beaucoup plus sexy dans ce grondement guttural, comme s'il venait de très loin.

J'ouvre ma braguette et enfile rapidement un préservatif pour glisser en elle tandis que ses yeux sont toujours clos et qu'un petit sourire rassasié danse sur ses lèvres.

Elle est étroite et la friction sur mon sexe fait un bien fou. Quand je ressors pour la pénétrer de nouveau, entièrement cette fois, ses paupières se rouvrent.

Je n'arrive pas à déchiffrer l'émotion qui danse dans ses yeux et je n'essaie même pas. Je n'en ai pas envie. Je préfère accélérer le rythme et donner des coups plus forts, pressé d'atteindre le soulagement dont j'ai besoin. Je ne veux pas réfléchir. Je veux juste ressentir le vertige étourdissant qui me saisira en même temps que la jouissance.

Elle redresse un peu les hanches et j'explose. Mes testicules se contractent à mon dernier coup de reins et l'orgasme me saisit. Un plaisir intense, bouleversant, me traverse comme un raz-de-marée auquel j'aurais aimé ne pas survivre…

Je ne suis pas doué pour les câlins, je ne l'ai jamais été. Même une simple accolade me met mal à l'aise. Mais les bras de Daisy pèsent encore autour de mes épaules et je résiste à l'envie de m'écarter brutalement.

Elle continue à me dévisager comme si je venais

de décrocher la lune pour elle et je ne peux m'empêcher de lâcher :

— Voilà, ta période de disette est terminée.

C'était sans doute la pire chose à dire. Elle pâlit. Je devrais m'en réjouir. Il faut qu'elle me prenne pour une brute sans cœur qui se détache des femmes dès l'acte accompli.

Mais en voyant l'étincelle de douleur qui ternit son regard, je ne pense qu'une chose : *Tu es le plus grand crétin de la terre.*

8.

Daisy

Alf est arrivé depuis une heure et nous nous sommes immédiatement enfermés dans une salle de conférences pour faire le point sur ce qui s'est passé sur l'île jusqu'à présent. Évidemment, je ne raconte pas *tout* à mon patron – je ne suis pas si bête.

Par exemple, je ne lui dis pas que j'ai couché avec notre client dans une grotte hier après-midi.

Ce boulot, c'est tout, pour moi. Il est temps de commencer à le montrer. Et, pendant qu'Alf égrène ses chiffres et ses marges de profit, je me laisse peu à peu aller à imaginer mon propre logo, avec une jolie marguerite dessus.

La campagne avance bien, étant donné que Hart a d'abord refusé en bloc toutes les idées que je lui ai proposées pour moderniser la franchise Rochester, et qu'il m'a fallu persévérer pour le convaincre d'accepter un compromis. Nous avons par exemple fait quelques très bonnes photos au bord de la piscine, hier, *P-G.*

Pré-Grotte.

Après notre fiévreux interlude, nous avons été gênés pendant quelques minutes, puis nous nous sommes empressés de nous séparer. Je m'attendais à ce que ça se termine de cette manière, mais ça m'a tout de même fait mal. Incroyable, étant donné que Hart a été une friandise de premier choix. Nouveau, fabuleux, si différent de Casper ! Il me l'a fait oublier en un rien de temps. Exactement comme je voulais.

Alors pourquoi est-ce que je me sens si vide ?

— Daisy, tu m'écoutes ? aboie Alf en claquant des doigts sous mon nez. J'ai déjà parlé au client et il est satisfait. Donc je repars demain matin et je laisse cette affaire entre tes mains.

— Quoi de neuf ? ai-je envie de demander.

Alf ne sait que déléguer. C'est l'un des avantages à être patron, et c'est exactement pour ça que je veux monter ma propre boîte.

Ça fait déjà assez longtemps que je m'échine pour les autres.

Comme Alf aime à me le rappeler, je n'aurais jamais obtenu ce travail sans mon père. Ce cher vieux papa était un camarade de classe d'Alf à l'université et il a fait jouer leur amitié pour m'obtenir le poste. À l'époque, ça ne m'a pas dérangée : je désespérais de trouver un premier emploi et j'avais hâte de commencer à accumuler de l'expérience. Mais, au bout de cinq ans, la première leçon de papa en affaires – ne jamais, jamais, laisser tomber – est en passe de me lasser.

J'ai failli démissionner à de nombreuses reprises

depuis un an. À chaque fois, j'entendais la voix de papa résonner à mon oreille : « Les Adler ne baissent pas les bras. Nous n'abandonnons jamais. Nous traversons les épreuves la tête haute, même les plus difficiles. »

Il m'a répété cette devise familiale dès mes premiers pas, et j'ai bien conscience que c'est la seule chose qui m'ait empêchée de quitter le cabinet d'Alf.

Ça, et le fait que j'ai mis fin à mes fiançailles il y a douze mois et que je ne veux pas ajouter une démission à la liste peu glorieuse de mes échecs. Je sais, au fond de moi, que j'ai eu raison de quitter Casper, que je n'aurais jamais été le genre de femme que souhaite avoir un type comme lui, mais ça ne change rien à la réalité : je l'ai laissé tomber en ignorant la petite voix qui me poussait à faire plus d'efforts, à me montrer plus accommodante, plus… tout.

Mes parents n'ont pas fait de commentaires quand j'ai annoncé notre rupture, mais j'ai vu la déception dans leurs yeux. Pour eux, j'étais lâche. Le pire, c'est que j'arrive à vivre avec ce poids. Toutefois, il est difficile d'admettre, même pour moi seule, que j'ai peut-être tourné le dos trop facilement à ma vie sentimentale. Il est hors de question que je fasse la même erreur avec mon travail. Je vais supporter Alf jusqu'au succès de cette mission de Gem Island. Qui sait ? Peut-être qu'il m'accordera une promotion et que je ne serai pas obligée de changer de boulot. Peut-être aussi que les requins de la baie auront un jour des ailes…

Quant à ma performance, il ne me reste qu'à espérer que M. Rochester en soit en effet satisfait, étant donné que j'ai écarté les jambes pour lui, hier.

Non, c'est stupide. Voilà que je ne me vois plus que comme une sorte de bimbo ! Je n'ai pas couché avec lui pour mon travail. J'ai couché avec lui parce que jamais aucun homme ne m'avait autant attirée et parce que je voulais savoir ce que ça faisait de faire l'amour sans le poids des sentiments.

Et, au final, cette habitude si chère aux hommes ne me réussit pas.

Absurde. Hart m'a donné exactement ce que je voulais. Le seul problème, c'est que j'en veux plus. Je n'avais encore jamais fait ça sur le sable ni dans une grotte, et maintenant, je suis curieuse de voir ce que ça pourrait donner dans le luxueux lit de ma villa, là où nous pourrions faire des cabrioles toute la nuit.

Je ne suis pas une folle du sexe, mon abstinence d'un an le prouve bien. Même avec Casper, je n'étais pas frustrée les soirs où il était trop fatigué. Nous avions notre routine, le mercredi et le samedi. C'est vite devenu une habitude, même si nous ne sommes pas sortis très longtemps ensemble avant de prendre un appartement. Avant lui, j'ai eu trois petits copains, et aucun n'a passé le cap des quelques mois.

Le sexe, c'est amusant quand c'est avec la bonne personne ; et jusqu'à hier, je pensais avoir connu de bons partenaires. Mais il semblerait que mes petits copains et mon ex-fiancé narcissique n'étaient pas si doués que ça, en fin de compte.

Pourquoi est-ce que Hart Rochester attise tellement ma gourmandise, me donne envie de plus ? Une seule fois devrait suffire, je n'ai pas besoin de dévorer tout le paquet.

— Il y a un problème, Daisy ?

Perdue dans mes pensées, j'ai dû manquer une bonne partie du discours d'Alf. Il m'arrive parfois de décrocher, mais jamais aussi longtemps, et je n'ai pas l'habitude de fantasmer pendant les réunions. Je sens mes joues brûler et je fais de mon mieux pour ne pas me mettre à gigoter comme une gamine surprise la main dans le pot de confiture.

— Non, Alf. Tout va bien. Je me demandais juste ce que nous pourrions faire maintenant pour relancer la campagne.

— Parfait.

Il se frotte les mains.

— Continue à travailler comme ça pendant quelques années, et qui sait ? Tu pourrais peut-être prétendre à une promotion…

Quoi ?! J'ai enchaîné les miracles pendant cinq ans, sans jamais m'attirer plus que de vagues compliments ! Il passe son temps à me critiquer, juste pour le plaisir, et à me chercher des défauts là où il n'y en a pas. Il me lâche des primes misérables en fin d'année en jouant les grands seigneurs magnanimes. Il s'attire tout le crédit de mes idées pendant les réunions et, de manière générale, n'est qu'un imbécile pompeux qui ne connaît pas le mot « déodorant » !

Je suis tentée un instant de lui dire clairement où il peut se mettre son boulot, de lui annoncer qu'à la fin de cette mission je m'accorderai une promotion bien à moi, le plus loin possible de lui. Mais je me contente d'un sourire crispé. Il sera toujours temps de lui donner une leçon à ma manière plus tard.

Cette fois, je ne me laisserai pas marcher sur les pieds.

Je suis tellement exaspérée que j'aurais pu crier de joie quand quelques coups à la porte nous interrompent et que Hart apparaît sur le seuil. Alf se traîne immédiatement à ses pieds, avec une flagornerie plus qu'embarrassante. Je vois clairement le malaise de Hart quand mon patron lui donne une grande tape sur l'épaule. Évidemment, Alf ne s'est rendu compte de rien.

Il enchaîne avec un petit coup de coude complice dans les côtes de Hart.

— Je vous laisse entre les mains expertes de Daisy, dit-il. Elle a quelques qualités, croyez-moi : c'est moi qui lui ai appris tout ce qu'elle sait.

Mon sourire figé ne vacille que lorsque Alf quitte enfin la pièce, me laissant libre de m'affaler sur ma chaise, soulagée.

— Ce type est un abruti, remarque Hart en me dévisageant gravement.

Je réprime un gloussement.

— Il n'est pas si mauvais…

En fait, il est pire, mais je refuse de lui casser du

sucre sur le dos. Je fais signe à Hart de s'installer en face de moi pour que nous puissions nous pencher sur les prochaines étapes de la campagne.

— Tu es loyale. J'apprécie ça.

Il jette un coup d'œil aux dossiers bien étiquetés que j'ai étalés sur la table.

— D'après ce que j'ai pu voir, ton travail est remarquable. Tu as fait des recherches, ta présentation était parfaite, et tes notes ne laissent aucun point dans le flou. Pourquoi est-ce que tu ne lances pas ton propre cabinet ?

Exposer mes projets personnels à un client est bien la dernière chose à faire. Ce n'est pas professionnel. D'un autre côté, j'ai déjà franchi la ligne avec Hart Rochester, je ne suis plus à ça près !

— J'avoue que ça m'a traversé l'esprit. Mais cette histoire de loyauté…

Je hausse les épaules. Que penserait-il de mes vraies motivations pour lancer mon entreprise ?

— Alf m'a donné mon premier emploi. J'ai beaucoup appris avec lui.

Hart me dévisage comme s'il sentait que je ne lui dis pas tout.

— Il y a une différence entre loyauté aveugle et gâcher ses talents pour quelqu'un qui ne les apprécie pas.

Comment fait-il ça ? Comment arrive-t-il à poser des mots sur mes doutes aussi facilement ?

— Qui sait ce qui arrivera une fois que j'aurai relancé l'activité de ton empire hôtelier ? Une belle ligne sur un CV peut être utile si je décide de faire cavalier seul.

— Tu as une éthique remarquable.

Il hoche la tête et l'admiration que je lis dans ses yeux me donne envie de danser.

— Mais nous savons tous les deux qu'associer une personne comme moi à l'image de la franchise Rochester est le véritable défi qui t'attirera la reconnaissance de tes pairs.

— Je ne voulais pas être aussi crue, dis-je avec une moue modeste qui le fait presque sourire.

Un silence un peu gêné nous enveloppe. Inévitable, après ce qui s'est passé entre nous hier. « Ta période de disette est terminée », voilà ce qu'ont été ses derniers mots. C'est certes vrai, mais la manière dont il l'a dit a été la pire conclusion possible à cette parenthèse sensuelle. On aurait cru que ça n'avait aucune importance pour lui et qu'il avait hâte de se débarrasser de moi.

Après ça, et après avoir copieusement pleuré sous ma douche, j'ai pris la décision de garder la tête haute à notre prochaine rencontre. Mais, dans ce silence si lourd, je sens qu'il va falloir aborder le sujet de la grotte.

Je m'éclaircis la voix.

— Ce qui s'est passé hier était une horrible erreur et ça n'aurait jamais dû arriver. Nous travaillons ensemble et nous ne devons pas compliquer…

— Ne fais pas ça, coupe-t-il, les sourcils froncés. Tu n'as pas besoin de t'excuser.

Je suis tellement surprise par la dureté de sa voix que je ne sais comment réagir.

Il soupire.

— Désolé, c'est une chose que je ne supporte pas. Ne recule jamais et ne t'excuse pas pour les événements dont tu n'es pas responsable.

Ah… C'est donc ça qui le dérange. Il pense qu'il a profité de moi ? Hors de question de le laisser se torturer à ce sujet, puisque rien n'est moins vrai.

— Tu crois que ce qui s'est passé hier est ta faute ?

Son froncement de sourcils s'accentue.

— Bien sûr. Je t'ai attirée dans cette grotte sous prétexte de travailler, en sachant très bien que je serais incapable de résister après notre petite joute au bord de la piscine.

— Ah…

On va sans doute me trouver naïve, mais je ne m'en suis pas doutée un instant.

— Oui. Ah.

Un léger voile rose lui monte aux joues, comme s'il était gêné.

— Étant donné ma petite crise quand on s'est embrassés sur la plage et mes promesses que ça n'arriverait plus, j'ai l'impression que c'est ma faute, tu vois.

— Si je me souviens bien, on était *deux* à faire l'amour dans cette grotte.

Cette fois, c'est à lui de paraître abasourdi. Il ouvre grand la bouche et je la referme d'un doigt autoritaire sous son menton.

— Je ne sais pas pourquoi tu te sens si coupable.

C'était extraordinaire, c'était juste ce que je voulais… Alors ne te torture pas.

Je suis tentée d'en dire plus, de lui avouer à quel point j'ai envie de recommencer, mais je juge plus sage de me taire. Je refuse de laisser un simple béguin me détourner de mon projet professionnel – c'est-à-dire faire de cette mission le couronnement de mon début de carrière.

— Bon, maintenant qu'on a exorcisé tout ça, pourquoi ne jetterais-tu pas un coup d'œil à la campagne que j'ai prévue, pour me donner ton avis ?

Je fais glisser un dossier vers lui en priant pour qu'il laisse tomber le sujet.

On a fait l'amour.

Dans une grotte.

Ça arrive.

Mais pendant qu'il feuillette mes documents et que je guette ses réactions, je comprends que j'aurai vraiment beaucoup de mal à garder mes distances pendant les semaines à venir.

9.

Hart

— J'espérais bien te trouver là, me lance Kevin.

Il s'approche avec précaution, comme s'il s'attendait à ce que je le pousse du bord de la falaise.

C'est le point le plus élevé de Gem Island et, jusqu'à présent, j'évitais d'y venir. Si la grotte a toujours été mon sanctuaire, cet endroit était celui de Pa. Je me souviens qu'il m'a fait monter ici lorsqu'il m'a ramené sur cette île. J'étais encore un adolescent de seize ans, émerveillé parce que je n'avais jamais quitté le continent.

Sur cette falaise, il m'a avoué la vérité : qu'il n'aurait jamais dû couper les ponts avec ma mère quand elle est tombée dans de mauvaises fréquentations à dix-neuf ans, qu'il a obstinément ignoré ses appels à l'aide deux ans plus tard, et qu'il n'a pas eu vent de mon existence avant qu'elle lui envoie une lettre, le jour de sa mort, lui annonçant qu'elle avait eu un enfant et qu'elle l'avait abandonné. Pa a toujours été direct. En faisant peu à peu tomber les barrières que j'avais soigneusement érigées pour me protéger et en m'accordant la liberté de faire confiance à un être humain pour la première fois de ma vie, j'ai appris que quelque chose de bon pouvait sortir de ce désastre familial, au final.

Je lui en veux de ne pas m'avoir parlé de ses problèmes cardiaques, mais je comprends. À sa manière tortueuse, il s'est sans doute puni pour ne pas avoir été présent aux côtés de ma mère avant sa mort. Il s'est condamné à partir seul, lui aussi.

— Je ne suis pas remonté ici depuis la dispersion des cendres.

Kevin pousse un soupir inarticulé.

— Moi non plus. Mais c'est l'endroit où il venait toujours réfléchir et j'ai supposé que tu voudrais faire la même chose.

Sa présomption m'agace.

— Je ne suis pas comme mon grand-père.

— Je le sais bien, fiston, mais vous vous ressemblez beaucoup quand même.

N'importe quoi ! Pa et moi, nous n'avons rien en commun. Il était noble, déterminé et attaché aux traditions. Moi, je n'ai qu'une hâte : me débarrasser de mes responsabilités et reprendre la route.

— Est-ce que tu es venu me faire une leçon sur le plantage de l'hôtel de Darwin ? Parce ce n'est pas ma faute si tout le personnel de la cuisine s'est mis en grève. C'est parce que Pa était trop buté pour entendre leurs réclamations sur les salaires.

— Non, soupire de nouveau Kevin. Je suis venu te dire d'arrêter de t'en vouloir. Tu n'as pas travaillé ici depuis des années et, même à l'époque, tu n'étais qu'un gamin qui sortait à peine de l'université. On t'a coincé derrière un bureau alors que tu n'en avais aucune envie.

— Peu de choses ont changé depuis. Je suis plus vieux, c'est tout.

— Personne ne s'attend à ce que tu marches dans les pas de Ralfe, mais ce serait bien que tu prennes sa place, au moins le temps de ton séjour ici.

Sur ce, il tourne les talons et s'éloigne. Je devrais l'appeler, mais les mots se coincent dans ma gorge. Je lui ai parlé de mes projets pour améliorer le standing des hôtels et regagner la confiance de nos clients. Je suppose que, sur un point au moins, Pa et moi nous ressemblons : mon grand-père était peu causant, détestait le changement et préférait se tenir loin des projecteurs. Il a résisté au courant de la modernité et s'est contenté de s'appuyer sur la renommée de notre famille pour assurer ses profits.

Ça n'a pas marché et une partie de mon projet est justement de propulser le nom de Rochester dans le XXIe siècle. Essayer de nouvelles choses, me servir de la communication de telle manière qu'on ne pourra pas s'empêcher de parler de mes hôtels. En faire, aux yeux du public, la destination parfaite – tant pour les touristes que pour les congrès professionnels.

C'est un bon projet et Daisy l'approuve. Ensuite, dès que j'aurai réussi, je partirai. Kevin me comprend ; c'est un type bien. Mais comment puis-je espérer qu'il ait foi en moi, quand je suis rempli d'une telle haine envers moi-même ? Une haine dont je suis incapable de me défaire ?

Ça fait cinq jours que nous avons couché ensemble dans cette grotte, Daisy et moi. Cinq longues et insoutenables journées pendant lesquelles je me suis plongé corps et âme dans mon travail avant de me soulager sous la douche, le soir, et de me mettre au lit. Sans réussir à dormir.

Je ne pense qu'à elle et la confrontation avec le personnel de l'hôtel Darwin au sujet des salaires n'est qu'un résultat direct de mon obsession. C'est moi, en train de revoir ma position concernant les distances à garder avec le reste du monde.

Non pas que Daisy ait l'air affectée par cette histoire. Elle reste efficace et professionnelle, polie à chacune de nos réunions ; alors que moi, je suis obnubilé par la douceur et la saveur de ses lèvres, et que je repense sans cesse à ce gémissement sexy qu'elle pousse quand elle jouit.

Ça me tue.

Il faut que nous parlions. J'ai déjà eu des aventures courtes avant, à Chicago, Chennai ou au Caire, avec des femmes qui étaient sur la même longueur d'onde que moi. À chaque fois, on travaillait dur toute la journée et on couchait ensemble la nuit, tout en sachant que ça ne durerait qu'une ou deux semaines. C'étaient des arrangements faciles, tacites, avec une date de péremption bien claire.

Et c'est ce que je veux avec Daisy.

Mon téléphone se met à vibrer dans ma poche,

me rappelant que nous avons rendez-vous dans un quart d'heure, elle et moi.

J'ai deux options devant moi : continuer sur la route que j'ai toujours suivie, en introverti reclus, travaillant derrière des portes closes pour réparer les erreurs de Pa tout en refusant le moindre coup de main. Ou proposer une liaison à Daisy.

Je sais bien laquelle de ces options a ma préférence. Il ne me reste plus qu'à espérer que Daisy partage mon avis.

10.

Daisy

Assise à une table de six couverts, au bar de la falaise, j'attends Hart. J'essaie d'éviter les petites tables trop intimes de peur d'effleurer son genou ou son bras. On en a déjà assez fait comme ça, lui et moi.

J'ai aussi choisi cet endroit pour le rendez-vous parce que je veux lui montrer les premières photos qu'on a prises ensemble et que j'ai intégrées à un chouette diaporama qui prendra la place de l'en-tête du site.

Je l'ai également choisi parce que j'ai besoin d'un peu d'air frais. Je ne supporte plus d'être enfermée et de tout faire pour éviter Hart. Nos réunions quotidiennes sont devenues brèves et impersonnelles. Je devrais m'en réjouir. Il me laisse beaucoup de liberté concernant la campagne, il a approuvé toutes mes idées et a même ajouté quelques précieuses contributions à notre projet. Pour un homme qui déteste les réseaux sociaux, il a un esprit vif et innovant. Ça fait du bien de travailler avec quelqu'un qui tient à ce point à réussir.

Mais tous mes sourires de façade me font mal, à la longue, et notre politesse glaciale a presque atteint son point de rupture. Je sens la tension monter entre nous, comme un câble invisible trop tendu qui menace de lâcher.

Ça me rend complètement folle !

Le serveur – un mètre quatre-vingt et tout en muscles – m'apporte un café frappé. Je le remercie en souriant et paie mon verre, sans oublier d'y ajouter un généreux pourboire. Il faut bien reconnaître une chose pour cet hôtel : le personnel est particulièrement mignon. Une expérience dans le mannequinat doit être une prérogative, pour postuler ici…

Je bois une gorgée, savourant la fraîcheur sucrée du café. J'ai bien besoin aussi de ce pic de caféine, vu que j'ai mal dormi toute la semaine – et mes insomnies n'ont rien à voir avec le matelas moelleux ou les oreillers de rêve de mon grand lit. La cause de mes nuits blanches s'approche justement de moi d'un pas vif, comme s'il voulait montrer qu'il n'avait pas que ça à faire. J'envie son allure souple, confiante. Petite comme je suis, je suis obligée de trottiner derrière lui quand nous marchons ensemble.

— Surprenant changement de décor pour notre réunion ! remarque-t-il en s'asseyant en face de moi.

— Il est bon de bouleverser les habitudes, de temps en temps.

— Je suis bien d'accord.

Son regard direct me laisse un instant supposer qu'il ne parle peut-être pas que de notre rendez-vous.

Une vague de chaleur me monte aux joues et, désemparée, j'attrape précipitamment mon ordinateur. Il faut que je le pousse à se concentrer sur autre chose que moi – n'importe quoi d'autre !

— J'aimerais te montrer la mise à jour que je prévois pour le site…

Il tend soudain la main et effleure ma lèvre du bout des doigts. Je ne peux réprimer un petit cri gênant.

— Qu'est-ce que tu fais ?

— Tu avais un peu de crème…

Il lève la main, étudie un instant la minuscule goutte de crème perchée sur son doigt et la lèche.

Je prends une profonde inspiration, resserrant instinctivement les cuisses. C'est la scène la plus érotique que j'ai vue de ma vie.

— Hum… C'est bon, murmure-t-il.

Il contemple de nouveau mes lèvres, comme s'il voulait recommencer, et je me cale le plus loin possible de lui, au fond de ma chaise.

— Qu'est-ce qui te prend ?

— Il faut qu'on parle.

Il ferme mon ordinateur d'un geste autoritaire. Clairement, tout ça n'a rien à voir avec le travail – comme si j'avais encore pu avoir des doutes, après ce qu'il vient de faire…

— Tu me vires ?

Son humeur si changeante me perturbe de plus en plus.

À un moment, il a tout de l'homme d'affaires efficace et il m'évite le plus possible ; et la minute d'après, il me dévisage comme un homme des cavernes.

— Je veux que tu m'écoutes bien.

J'acquiesce. Loin de se détendre, ses traits se crispent davantage et il fronce les sourcils.

— Cet arrangement ne marche pas, pour moi !

Mon cœur tambourine dans ma poitrine. Je ne peux pas perdre ce travail ! Trop de choses en dépendent. Avant notre séparation, Casper m'a envoyé une dernière critique au visage : jamais je n'arriverais à faire mon trou, que ce soit dans une salle de réunion ou en dehors… Il s'est moqué de mon rêve d'ouvrir ma propre agence de relations publiques – et c'est l'une des nombreuses raisons qui m'ont poussée à le quitter. Il m'a tellement ri au nez que je commençais à douter de moi.

C'est donc pour ça que je *dois* réussir. Il faut que je rafle tous les honneurs à la fin de cette mission et crée au plus vite une entreprise à mon nom. Pour prouver ma valeur au monde, certes, mais surtout à la personne qui me rabaisse le plus : moi-même.

Voilà bien ce que je déteste chez Casper. Ce don qu'il a eu de me faire perdre pied. Je l'ai aimé aveuglément et me suis jetée corps et âme dans notre relation, ne comprenant que trop tard à quel point il me minait, émotionnellement et mentalement. Il aimait tout contrôler, depuis les heures et lieux de nos repas jusqu'aux personnes que je pouvais fréquenter. Il m'a obligée à mettre de la distance avec ma famille et mes amis, et j'ai sacrifié tout ça de bon cœur parce que j'étais convaincue que la passion que je lui vouais était réciproque.

Il m'a fallu beaucoup trop de temps pour comprendre qu'il n'avait aucun sentiment réel pour moi, que je n'étais qu'une étape dans son projet de vie soigneusement planifié : il jugeait que le moment était venu pour lui de se marier, et j'étais une option rationnelle.

C'est seulement lorsqu'il a commencé à critiquer tous mes choix et à faire preuve d'une domination cruelle envers moi que j'ai eu peur. C'est ce qui m'a fait comprendre que ma seule échappatoire était la fuite.

L'amour ne me réussit pas. Les sentiments m'ont incitée à abandonner trop de choses. Ils m'ont fait perdre ma confiance en moi et c'est cette lente chute qui me pousse maintenant à m'accrocher à Alf.

Or, je veux me libérer d'Alf, et le plus vite possible. Le seul moyen est de faire de cette campagne mon plus grand succès et de m'en servir pour atteindre mon but : devenir une professionnelle compétente et reconnue, prête à affronter le monde entier toute seule.

Je méprise celle que je suis devenue avec Casper. Une femme incapable d'assumer sa sexualité comme je l'ai fait avec Hart. J'ai senti une telle puissance monter en moi après ce baiser sur la plage, puis après avoir couché avec lui dans cette grotte…

J'aime l'enveloppe dans laquelle je commence seulement à me couler. Une enveloppe solide, audacieuse, contrôlée. Mais Hart finit toujours par me toucher, et je m'effondre.

— Daisy, tu m'écoutes ? demande-t-il soudain en claquant des doigts. Je te dis que notre arrangement ne me convient plus.

— Je croyais que tu appréciais mon travail…

— Il ne s'agit pas de ça.

La grimace qui déforme ses lèvres s'accentue et je l'entends étouffer un juron.

— Je n'arrête pas de penser à toi. Ça me distrait de mon boulot.

Bienvenue au club, mon vieux !

Je ne réponds pas, intriguée.

— Que penserais-tu d'un accord simple et clair qui nous permettrait de soulager notre désir à tous les deux ?

Il a l'air si formel, si vieux jeu, que je dois réprimer un fou rire. Mon amusement doit malgré tout apparaître dans mes yeux trop francs, parce qu'il pince les lèvres d'un air sévère.

— Tu trouves ma proposition drôle ?

— Juste ta manière de l'annoncer. On dirait que tu sors tout droit d'un roman de Jane Austen.

Sa moue s'assombrit. Il ne plaisante pas.

— Est-ce que tu préférerais que je dise que j'ai envie de coucher avec toi de toutes les manières possibles jusqu'à la fin de ta mission ?

Une vague brûlante me traverse. Je suis trop jeune pour les bouffées de chaleur, et si ma future ménopause doit ressembler à ça, je ne suis pas pressée !

— Je préfère la franchise, oui, dis-je néanmoins en résistant au besoin de m'éventer.

— Moi aussi.

Il s'accoude à la table et se penche vers moi.

— Alors, qu'est-ce que tu en penses ? Tentant ?

Oui, *il* est vraiment tentant…

Je pourrais tergiverser, le mettre sur des charbons ardents, mais ce n'est pas mon genre. J'en ai assez de ce jeu du chat et de la souris entre nous. Je n'ai pas encore laissé mes émotions affecter mon travail parce que je suis bien décidée à montrer à Alf de quoi je suis capable. Mais mes nuits blanches finiront tôt ou tard par me rattraper. La caféine a ses limites.

Je me penche aussi, imitant sa posture, et lui donne comme par inadvertance un aperçu de mon décolleté profond. Son regard y plonge comme un rayon laser à la recherche d'une cible. Il est accro… C'est bon à savoir, parce qu'il n'est pas le seul.

Je remue une main devant ses yeux pour le tirer de sa contemplation.

— Ne m'oblige pas à supplier, déclare-t-il d'une voix grave qui fait naître un frisson d'excitation sous ma peau.

— Ça pourrait être amusant…

Sa mâchoire se crispe et je me mets à rire. On dirait qu'il déploie un effort surhumain pour ne pas envoyer la table valser et se jeter sur moi.

— Alors, qu'est-ce que tu en dis, Daisy ? D'accord ?

Il se penche un peu plus et son petit doigt effleure la peau sensible, à l'intérieur de mon poignet.

Je lâche un petit cri, consciente qu'il est inutile que je réponde, maintenant : il sait tout ce que je ressens.

J'acquiesce néanmoins.

— D'accord.

11.

Hart

Je déteste la faiblesse. J'ai appris une précieuse leçon en arrivant dans ma première famille d'accueil : le moindre signe de faiblesse est une condamnation. Le premier soir, j'ai pleuré parce que les enfants plus âgés avaient eu de la glace au dessert et pas moi. Quelques violents coups de règle en bois derrière les mollets, striant ma peau de bleu, m'ont enseigné le silence. Après ça, la seule émotion que j'ai laissée paraître a été la colère. Ma furie calculée m'a d'ailleurs été utile : elle m'a permis de me mettre les gens à dos avant qu'ils me fassent du mal.

Les silences obstinés qui suivaient mes crises de rage me permettaient de garder mes distances. On a cru que j'avais un problème d'apprentissage ou un trouble du comportement. Personne – ni mes familles d'accueil, ni les assistantes sociales, ni les psychologues, ni les enseignants – n'a compris pourquoi je me taisais quand je n'étais pas en colère. On m'a considéré comme un gamin hostile et boudeur. Personne n'a cherché à découvrir pourquoi un enfant pouvait d'un seul coup devenir si mauvais. Ça m'allait. Je tenais les gens à distance en les décevant avant que ce soient eux qui me déçoivent. Et tout le monde s'en fichait.

Sauf Pa.

Étrangement, un seul regard sur ma moue obstinée lui a permis de me comprendre. Il n'a jamais toléré mes sautes d'humeur et a tout mis en œuvre pour me faire sourire : il m'a montré de vieux films comiques dont je n'avais jamais entendu parler sur son home cinéma et m'a raconté certaines des pires blagues du monde. Après huit longs mois, j'ai fini par fondre, abandonnant mon caractère explosif. Mais ce qu'il n'a jamais su, c'est que les films et les blagues ont moins joué dans cette transformation que son attention constante et désintéressée.

Jamais il ne m'a dit que je ne servais à rien sur cette terre ou que j'étais stupide. Jamais il ne s'est moqué de moi parce que je ne différenciais pas une fourchette à crustacés d'une normale. Il me *regardait* vraiment et, aujourd'hui encore, je ne sais pas ce qu'il a vu dans l'ado entêté et taciturne que j'étais.

J'ai pu lui montrer en quelle estime je le tenais la première fois que je suis monté sur son yacht. Ne sachant pas nager, j'avais une peur panique de l'eau. Ma phobie s'explique d'ailleurs sans doute par le fait qu'un gamin plus âgé que moi m'a tenu la tête dans l'eau du bain quand j'avais huit ans. Pa ne m'a pas forcé, mais grâce à ses encouragements, j'ai fini par accepter de prendre des leçons de natation.

Quand j'ai enfin trouvé le courage de monter sur ce yacht, il a fait comme si c'était une immense victoire, ignorant le fait que je refusais de quitter mon gilet de sauvetage ou ma rigidité sur le pont, les doigts blanchis à force de me crisper sur le bastingage.

Heureusement, j'ai fait beaucoup de chemin depuis cette journée terrifiante et, aujourd'hui, j'emmène Daisy en mer. Nous sommes seuls sur le yacht et, bien que ce soit techniquement une excursion professionnelle, nous aurons largement le temps de jouer quand nous aurons jeté l'ancre.

Je n'ai pas l'habitude de faire le beau pour séduire les femmes. Seulement, il y a quelque chose d'indéfinissable chez elle qui me donne envie de l'impressionner…

— Je ne suis jamais montée sur un yacht, dit-elle en s'installant sur une chaise longue à côté de moi. C'est fascinant.

— Je croyais que ton fantôme d'ex était riche.

Elle rit.

— Casper a beaucoup d'argent, mais il préfère regarder les zéros s'aligner sur son relevé de compte.

— Un avare ?

— Ouais.

Elle me donne un petit coup sur le bras.

— Ne me gâche pas ma première virée en bateau en parlant de mon ex !

— Noté !

En général, je suis plutôt taciturne en compagnie des femmes. La plupart trouvent ça excitant, prêtes à relever le défi et à chercher ce qui pourrait m'exciter. Elles aiment que je boude et que je me taise ; et j'avoue que j'ai rarement assez d'énergie pour faire autre chose.

Mais je suis incapable de résister à Daisy et à ses sourires insouciants. Elle m'en lance un en cet instant et mon cœur se serre.

Ses cheveux lâchés offrent au soleil leurs mèches blondes et châtaines. Elle les maintient d'une main pour que le vent ne les lui rabatte pas dans les yeux. Moi, j'aurais préféré les voir libres et sauvages dans la brise marine qui se lève. Tout comme la robe qu'elle porte. J'aimerais que la jupe se soulève… C'est une robe rayée rouge et blanc qui s'évase en descendant jusqu'au genou. Pour l'instant, elle se retrousse un peu sur les cuisses de Daisy et je me laisse aller à la contemplation de ses jambes bronzées.

— Quelle taille fait-il ?

— Tu parles bien du yacht ?

Elle lève les yeux au ciel et me sourit de nouveau.

— Oui.

Elle me provoque, et j'aime ça beaucoup plus que je ne devrais. Mais avec l'air frais qui emplit mes poumons et le grondement du puissant moteur sous mes pieds, aux côtés d'une aussi belle femme, j'ai soudain l'impression d'être le roi du monde.

— Il fait treize mètres de long, avec un grand salon, une cuisine équipée…

Je marque une pause pour ménager mon effet.

— … Et une magnifique chambre à coucher.

— Oh ?

Daisy me jette un coup d'œil sensuel par-dessous ses cils.

— Je suis contente qu'il y ait une belle cuisine, parce que je meurs de faim ! Tu pourrais me préparer un bon petit repas quand on jettera l'ancre.

— Le capitaine ne cuisine pas, c'est le travail du second. Et aujourd'hui, le second, c'est toi.

— Je suis capable de mettre le feu à une casserole d'eau, je te préviens. Si tu me laisses cuisiner, on ne risque pas de manger grand-chose !

— Ça va, je sais cuisiner, dis-je finalement, sans lui préciser que ça a été une question de survie dans ma jeunesse.

Dans les deux premières familles d'accueil où on m'a envoyé, c'était chacun pour soi, et les enfants trop jeunes pour se préparer à manger devaient se contenter des restes. Par contre, la dernière famille que j'ai connue avant que Pa me prenne sous son aile m'a ouvert les yeux. Là, on me traitait presque comme un membre de la maisonnée et je n'oublierai jamais les repas qu'on servait à table : hachis Parmentier, pâtes au gruyère, poulet frit… Ce sont des plats que j'aime encore manger maintenant, quand j'ai besoin de réconfort.

Daisy m'adresse un clin d'œil complice.

— Pour ce que ça vaut, je trouve l'image d'un capitaine cuisinier assez sexy.

— On parle de maître coq, dans la marine.

J'ai l'air d'un crétin, à la corriger comme ça, mais je n'ai pas le choix. Si je ne fais pas ça, je risque de céder à mon envie irrépressible de jeter l'ancre immédiatement, alors que nous sommes encore en vue des côtes, pour l'entraîner dans la cabine et lui offrir une visite du bateau qu'elle n'oubliera jamais.

— Cuisinier, maître coq, c'est du pareil au même ! Tant que tu enfiles un tablier, je suis preneuse.

Elle s'étire et, laissant ses bras reposer sur le dossier de sa chaise longue, offre son visage au soleil. Cette fois, mon sexe se dresse en réponse à un désir brûlant.

Qu'est-ce que je suis en train de faire ? Pourquoi est-ce que je retarde l'inévitable à coups de préliminaires tortueux ? Elle a accepté de coucher avec moi, non ? En ce moment, on pourrait être tous les deux enfermés dans une villa du domaine et elle serait déjà nue. Mais, au lieu de ça, je prolonge la mise en bouche, juste parce que cette femme a l'air d'apprécier les petits jeux. C'est un plaisir absurde : je lui ai déjà fait l'amour une fois…

— Pourquoi est-ce que tu grimaces ?

Je me tourne vers elle et fais de mon mieux pour décontracter mes sourcils.

— J'ai menti.

— À propos de quoi ?

— Je t'ai dit que je voulais te montrer le meilleur endroit d'où photographier l'île, mais il ne s'agit pas *que* de ça. Ce qu'on a fait dans cette grotte était excitant et, depuis que tu as accepté ma proposition, je ne pense plus qu'à coucher avec toi ; mais comme je ne veux pas me comporter comme un obsédé, j'ai voulu t'emmener faire un peu de tourisme aujourd'hui.

Elle porte une main à ses lèvres d'un air faussement horrifié.

— Ne me dis pas que c'est un rencard !

— Je ne fais pas dans le rencard.

Ses sourcils se dressent, sceptiques, et je n'ai pas la force de défendre mon mensonge plus longtemps.

— Peut-être, dis-je donc dans un souffle.

— Mon Dieu, mon cœur s'emballe ! s'écrie Daisy en pressant la main contre sa poitrine, non sans m'offrir un délicieux aperçu de son décolleté.

Tant pis pour le plus beau point de vue de l'île ! J'ai besoin d'elle maintenant.

— Il y a une crique isolée derrière cet éperon rocheux. On va jeter l'ancre là, dis-je d'une voix sourde que je ne reconnais pas.

J'agrippe de toutes mes forces le gouvernail. J'ai besoin de me raccrocher à quelque chose pour ne pas me jeter sur Daisy.

Elle paraît surprise.

— Quoi, nous sommes déjà arrivés ?

— Non, mais je ne peux pas attendre plus longtemps pour te faire l'amour.

Elle me dévisage bouche bée.

— Je suis direct, j'ajoute. Tu t'y habitueras.

Elle penche alors la tête sur le côté, les sourcils froncés, comme si elle m'interrogeait du regard. Je me rends compte que ce que je viens de dire est stupide. Elle ne s'y habituera pas ; elle ne restera pas assez longtemps avec moi pour ça. Et puis, je n'ai pas envie de la fréquenter assez longtemps pour qu'elle apprenne vraiment à me connaître.

— Tu dis toujours ce que tu penses ?

Je hausse les épaules.

— Je n'ai pas de temps à perdre avec les faux-semblants. Si je veux quelque chose, je le prends. Si j'aime quelque chose, je le dis. Pourquoi mentir ?

— Tu es bien sûr d'avoir un chromosome Y, quelque part ?

— Tous les hommes ne sont pas des menteurs, Daisy, ni des abrutis.

Elle part d'un grand éclat de rire.

— Bien dit ! Mais si j'en crois mon expérience, il est très rare de trouver un homme honnête.

— Cet idiot de Casper t'a vraiment fait du mal, hein ?

J'ai mentionné de nouveau son ex et je m'attends à ce qu'elle me le reproche. Mais elle se contente de se mordiller la lèvre, ce qui me pousse à accélérer l'allure. Plus vite nous arriverons à la crique, mieux ça vaudra.

— Je ne comprends pas comment certains hommes peuvent sembler parfaits en apparence, et se comporter comme des goujats l'instant d'après, murmure-t-elle.

Je ne pose pas de questions. Je ne veux rien savoir de ses relations passées. Tout ce qui m'intéresse, c'est ce qui se passe ici et maintenant. Mais je finis quand même par céder à ma curiosité.

— C'est une expérience que tu as eue ?

Elle acquiesce, en se protégeant les yeux du soleil pour mieux me regarder.

— Au début, Casper m'a traitée comme une reine, et c'est ce qui m'a fait craquer trop vite. On s'est fiancés au bout de trois mois à peine et j'ai emménagé avec lui la semaine suivante. Et là, tout a changé.

Elle secoue la tête comme si elle voulait se débarrasser de souvenirs pénibles.

— On s'est éloignés de ma famille et je n'ai presque plus vu mes parents ni mes sœurs. On passait toutes les soirées avec ses amis, jamais avec les miens. Il a commencé à me dire comment je devais m'habiller, ce dont je devais parler ou ce que je devais faire dans telle ou telle situation. Il contrôlait tout.

Mes mains se crispent de nouveau sur la barre. Apprendre tout ça me donne soudain envie d'envoyer un bon coup de poing à ce crétin.

— Il était violent ?

— Non, mais je ne suis pas restée assez longtemps pour découvrir de quoi il aurait été capable si je lui avais désobéi.

Elle redresse la tête d'un air de défi triomphant. Bravo, Daisy…

— Tu as bien fait. À mon avis, tu te portes mieux sans lui.

— Ce n'est pas ce que pense ma famille.

Je ralentis pour contourner le promontoire, puis m'engage dans la baie.

— Et c'est quoi, le problème ?

— Les Adler ont une devise : ne jamais baisser les bras. On n'abandonne pas, quoi qu'il arrive !

Je l'entends lâcher un petit soupir et je dois résister au besoin de la serrer dans mes bras.

— Et puis, il y avait tous les autres clichés. Je suis l'aînée de trois filles : ils m'ont mis la pression. Il fallait que je sois l'enfant parfaite, la sœur parfaite, la fiancée ou la professionnelle idéale.

Elle a un hoquet écœuré.

— Au final, le gars que j'ai choisi n'était pas parfait, lui, et je me demande chaque jour ce que je fais avec un patron lèche-bottes qui me rabaisse pour mieux se faire mousser.

— C'est pour ça que cette mission est si importante à tes yeux ?

— Oui. Je veux tout faire pour relancer tes hôtels, affirme-t-elle en me jetant un petit regard mutin. Comme ça, tu pourras me donner le coup de pouce dont j'ai besoin pour me mettre à mon compte.

— Donc, tu te sers autant de moi pour mon nom que pour mon corps…

Je garde un air sévère, mais son rire me soulage.

— N'oublie pas que cette histoire de corps est réciproque !

Son regard explore mon torse et descend lentement, me laissant l'impression qu'elle vient de me débarrasser de mon short et de mon polo pour me laisser tout nu.

— Quels que soient tes projets, ils me plaisent.

J'immobilise le yacht à l'entrée de la crique et jette l'ancre.

— En fait, j'ai l'impression de n'avoir jamais été aussi libre, dit-elle d'un air mélancolique. C'est fatigant, à la longue, de toujours être à la hauteur des attentes des autres.

— Ça, je le sais…

Cet aveu m'échappe avant même que j'aie pu le retenir et je comprends aussitôt qu'elle va vouloir entendre mes explications. Bon sang !

— Ton grand-père ?

Elle se lance directement dans le sujet dont je n'ai aucune envie de parler, mais je ne peux pas la rembarrer sans avoir l'air impoli. Et puis, elle s'est ouverte à moi en me parlant de sa famille… C'est mon tour, maintenant. Je soupire.

— Oui. J'ai essayé de devenir le petit-fils dont il rêvait, mais je n'ai pas ce qu'il faut pour diriger un empire.

Je ne peux retenir une grimace. Une sensation trop familière d'incompétence m'enveloppe, me donnant envie de frapper quelque chose – n'importe quoi.

— Ironique, non ? Étant donné que c'est exactement ce que j'essaie de faire, maintenant qu'il est mort.

— Tu te trompes, Hart, dit-elle doucement en posant une main sur mon bras. Tu es exactement le petit-fils qu'il voulait avoir. Tu es déterminé, loyal et travailleur : ça se voit, puisque tu es là, à la tête de son entreprise, alors que tu n'en as clairement aucune envie.

Comment arrive-t-elle à lire aussi facilement mes pensées ?

— C'est si évident que ça ?

— Tu voyages dans le monde entier alors que tu aurais pu t'installer tranquillement derrière un bureau il y a des années. Donc oui, c'est plutôt clair.

Elle hésite un instant avant d'avouer :

— J'ai fait des recherches sur toi. Je sais que tu as travaillé pour ton grand-père, mais je suis tombée sur un article qui parlait d'œuvres de charité pour les enfants…

Zut ! C'est bien pour ça que je n'aime pas ce genre de conversations. Ni les tête-à-tête. Je n'aime pas qu'on connaisse mes actions et je n'ai pas besoin qu'on me considère comme un chevalier blanc.

Je m'écarte avec une pointe de brutalité. Étrangement, le contact de sa main me manque tout de suite. Je bougonne :

— N'importe qui peut enfiler un costard, aligner des chiffres et donner des ordres.

— Tu te sous-estimes.

Elle pose les mains sur ses genoux, dans une position pincée qui ne me fait pas oublier un instant à quel point elle est sexy.

— Tu es un très bon directeur.

Heureusement, elle ne m'interroge pas davantage sur mon travail caritatif.

— Oui, je suis brillant. La preuve, j'ai besoin de faire des miracles, maintenant, pour éviter la banqueroute !

Je la dévisage froidement.

— Rappelle-moi pourquoi tu es là, déjà ? dis-je avec mépris, pour bien lui faire comprendre ce que je pense de toutes les personnes chargées de redorer le blason Rochester. Si jamais tu parviens à réveiller la confiance qu'ont les clients pour qu'ils la mettent en moi, je te tire mon chapeau.

J'ai l'habitude qu'on ne m'apprécie pas, je déploie même des efforts pour repousser les gens. C'est ce que je suis. Mais mon amertume résonne dans la crique et Daisy en perd le sourire. J'ai réussi à gâcher l'ambiance. Typique !

— Tu veux visiter le yacht ?

Je lui tends la main, espérant qu'elle la prenne et oublie notre conversation. C'est exactement pour éviter ce genre de choses que je chasse tout ce qui peut être profond ou intense. Ça n'apporte que des regrets.

— OK, dit-elle.

Je suis incapable de cacher mon soulagement quand elle place sa main dans la mienne et me laisse l'aider à se relever. Mais j'aurais dû la lâcher ensuite. C'est beaucoup trop romantique : nous deux, debout sur le pont du yacht, main dans la main, en train de nous dévorer des yeux.

Non, je ne la lâche pas. Au contraire, je me penche sur elle et l'embrasse – comme un avant-goût de ce qui l'attend.

12.

Daisy

La cabine principale est bien plus spacieuse que je m'y attendais. Des commodes de bois clair et des secrétaires s'alignent le long des cloisons. Un divan garni de coussins nous attend sous le hublot et un grand lit recouvert d'un couvre-lit jaune citron et bleu s'étend sous mes yeux, chargé d'oreillers assortis. Je regarde le matelas, imaginant déjà Hart en train de me faire toutes sortes de choses délicieuses dessus.

Il serre ma main, comme s'il craignait que je m'enfuie. Inutile de lui rappeler qu'il n'aura pas à crier « femme à la mer », aujourd'hui ; pas quand je suis si excitée que j'arrive à peine à remarquer ce qui m'entoure.

La manière dont nous nous sommes rapprochés sur le pont ne présage rien de bon. On n'aurait pas dû parler de nos passés respectifs. Ou discuter. Plaisanter. Cet homme est bien trop charmant quand il baisse la garde et j'ai déjà envie de le pousser à recommencer.

Je ne peux pas me permettre ce genre d'intimité avec lui. Ça finira forcément mal – pour moi. Il est distant, réservé, très froid parfois. Le genre d'homme qui me fera perdre la tête si je n'y prends pas garde et qui me donnera envie de régler tous ses problèmes, de panser ses plaies. Je me suis déjà trop perdue de vue par le passé en me noyant dans la vie d'un homme. Jamais plus.

Hart n'est rien de plus qu'une friandise sexuelle. Et je dois me le rappeler à chaque fois que j'aurai envie de lui parler de choses qui lui sont personnelles. Parce que cette vulnérabilité cachée que j'entrevois chaque fois qu'il évoque son grand-père me brise déjà le cœur.

Je sais très bien pourquoi je me laisse aller à flirter avec lui. Hart est l'opposé de tous les hommes que j'ai connus. J'aime son côté sombre, maussade et silencieux. Les mots sont pour lui des choses frivoles auxquelles il n'accorde pas la moindre importance. Ce qui explique sans doute pourquoi je me raccroche tant à ses trop rares paroles.

Avec ce qu'il m'a avoué sur le pont, je vois clairement qu'il n'a aucune envie de rester sur cette île ni de prendre la suite de son grand-père à la tête d'un empire hôtelier. Dès que les affaires seront reparties, il rendra son tablier et reprendra sa mission sociale auprès des enfants dans le besoin. C'est une noble cause. D'ailleurs, je ne comprends pas pourquoi il refuse tellement d'en parler. C'est comme s'il haïssait le monde et ne s'en souciait pas un instant – alors que, de toute évidence, c'est le contraire.

Je n'imagine pas à quel point ça a pu être dur pour lui de grandir aux mains des services sociaux, mais n'était-ce pas il y a longtemps ? Il a l'air d'avoir beaucoup de respect pour son grand-père, d'avoir eu une bonne relation avec lui. Si ça n'avait pas été le cas, il ne serait pas revenu pour redresser son entreprise.

Alors, pourquoi est-il toujours si sombre ?

Je n'ai pas le temps d'y réfléchir davantage. J'entends soudain la porte de la cabine se refermer derrière moi et je le sens se camper dans mon dos. Il ne me touche pas et pourtant, sa chaleur m'enveloppe tout de suite. Je suis brûlante de la tête aux pieds. Clairement, je suis en train de perdre le contrôle, je n'arrive pas à résister.

Quand nous avons fait l'amour dans la grotte, c'était sauvage et instinctif, hédoniste. Aujourd'hui, les choses ont changé. Dévoiler des anecdotes sur nos vies nous a rapprochés. Je l'ai bien vu, dans la manière dont il me regardait sur le pont, et je suis sûre qu'il s'en est rendu compte lui aussi quand j'ai commencé à émettre des hypothèses sur lui, pour m'apercevoir ensuite qu'il cachait bien plus de choses que je le pensais.

Il avance encore d'un pas et je sens ses mains sur ma taille. Ma peau s'embrase et mon estomac se noue quand il m'embrasse dans la nuque. Ce n'est pourtant qu'un baiser furtif qui m'effleure à peine, mais il éveille un désir vibrant en moi.

Ses mains glissent le long de mes hanches et retroussent ma jupe pour rencontrer ma peau nue. Frissonnante, je me laisse aller contre lui. Je suis soulagée de pouvoir m'appuyer à son torse, car mes jambes menacent de céder sous moi.

— Tu es si douce, murmure-t-il à mon oreille avant d'en mordiller le lobe, pendant que ses mains remontent. Tu es si lisse et si chaude…

Attends de trouver le cœur des flammes !

Ma patience est récompensée : très vite, il glisse les pouces dans l'élastique de ma culotte et la fait descendre sur mes cuisses. J'aime bien sa lenteur, cette fois, qui change de notre fièvre sensuelle dans la grotte. J'ai tellement fantasmé ce moment où nous nous retrouvons près d'un lit, ensemble… Je suis tellement excitée que la moindre caresse me fait perdre la tête.

Mes sens sont exacerbés, surtout quand je le sens dans mon dos sans le voir. Je ne peux pas lire ses regards, ses expressions et le fait de ne pas savoir où il va me toucher me rend plus fébrile encore.

Il a fait glisser ma culotte le long de mes jambes et maintenant, il s'agenouille. Je le sais parce qu'un courant d'air frais traverse soudain mon dos. Ses mains remontent jusqu'à ma taille, m'incitant avec une douce autorité à me retourner.

Quand j'obéis, j'étouffe un hoquet de surprise. Il me contemple avec adoration. Cet homme si têtu et récalcitrant est agenouillé devant moi, il m'abandonne le contrôle de la situation et il se prépare à me donner du plaisir. C'est enivrant, pour une fille comme moi qui n'a jamais cru aux préliminaires prolongés tant vantés dans les magazines.

— Magnifique, souffle-t-il avant de se pencher pour m'embrasser *là*.

Je gémis.

Je sens son sourire quand sa langue vient caresser mon clitoris et je me retrouve obligée de m'agripper à lui pour ne pas perdre l'équilibre.

Il me lèche encore et encore. Sa langue experte explore consciencieusement mes chairs et me rend folle. Il s'y connaît, c'est une évidence. Il est en train de m'offrir la plus belle expérience sexuelle de ma vie – et elle est bien réelle.

Le plaisir m'envahit tandis qu'il dévore mon clitoris avec gourmandise, par petits coups de langue rapides, jusqu'à m'entraîner au bord du précipice. En général, j'ai besoin de temps pour jouir comme ça, mais je sens soudain mes muscles se crisper et les flots d'une jouissance inattendue m'envahissent. Si j'avais tant de mal à trouver mon plaisir avant, c'était la faute de mes partenaires, pas la mienne !

Ses mains se referment sur mes fesses, m'ancrent dans le sol pendant que sa langue accélère le rythme, encore et encore. Jusqu'à ce que je perde la tête. Je me frotte à lui. Je lui tire les cheveux. Je crie mon orgasme en me cambrant sauvagement, priant pour que cette sensation délicieuse ne finisse jamais.

Mes genoux faiblissent, mais il est toujours là. Il se lève et me prend dans ses bras pour me déposer sur le divan. Il est à la hauteur idéale pour me permettre de passer mes jambes autour de ses hanches.

Il ouvre sa braguette sans détourner son regard farouche de moi, comme s'il était prêt à tout pour me donner du plaisir. Je n'ai pas l'intention de l'en empêcher. Mais nous n'avons pas encore échangé un seul mot et je ne sais pas si je devrais le remercier avant de lui rendre ses faveurs.

— J'ai envie de te faire l'amour depuis qu'on a posé un pied sur ce yacht, murmure-t-il.

Sa voix se réduit à un grognement et elle vibre sous ma peau, là où je veux le sentir plus que tout.

— Alors, n'attends plus…

Je redresse le menton d'un petit air de défi et écarte les jambes pour lui. Ses yeux voraces descendent vers mon sexe. Je n'en peux plus. J'entends mon souffle qui s'accélère. Mes tétons sont tellement tendus qu'ils me font mal. Dans ma robe retroussée, je me sens plus dévergondée que jamais.

Je le regarde ouvrir l'emballage d'un préservatif et le dérouler tranquillement sur son sexe, comme s'il avait toute la vie devant lui pour le faire. Soit il cherche à me provoquer, soit il a le self-control d'un moine.

Je me laisse glisser un peu plus près de lui, au risque de tomber du divan. Comprenant sans doute ma hâte désespérée, il m'embrasse avec une fièvre que je n'avais encore jamais connue. Sa langue m'envahit, avec une précision qui me fait abandonner le peu de raison qu'il me reste.

Je m'agrippe à lui, tentant envers et contre tout

de me maîtriser. Je m'accroche à son torse, à ses épaules. Et, à l'instant où j'envisage de le supplier, il me pénètre. Lentement, complètement, en me faisant gémir de contentement et en me donnant envie de goûter à tout ce qu'il est capable de m'offrir.

Je m'arrache au baiser pour le regarder, appuyée en arrière sur mes bras tendus. À en croire sa réaction, mon aplomb l'excite : il se retire en douceur, centimètre par centimètre, avant de revenir plus fort en moi. Et il recommence un nombre incalculable de fois, jusqu'à me faire haleter, au bord de la folie, emportée par un plaisir mille fois plus intense que tout ce que j'ai connu jusqu'ici.

Mes muscles se crispent et je me frotte de nouveau à lui pour faire monter ce soulagement que mon corps appelle à grands cris. Son regard, brûlant et confiant, ne me quitte pas. Il soulève mes fesses du coussin et modifie imperceptiblement sa position pour plonger en moi avec une précision calculée.

Il atteint enfin mon point sensible et j'explose. Un orgasme encore plus puissant que le précédent m'enveloppe, vague après vague, et je flotte au loin.

Un instant plus tard, je l'entends vaguement gémir à son tour, mais je n'ai plus la force de réagir.

Quand il me porte sur le lit, je me laisse faire, abandonnée. Je ne m'attends pas à des câlins. Je ne suis pas naïve à ce point. Nous sommes là pour vivre une aventure sexuelle ensemble, rien de plus – et c'est déjà extraordinaire.

Mais quand il me contemple avec dans le regard une émotion que je ne comprends pas, je me sens obligée de dire quelque chose, de poser des mots sur ce miracle que je viens de vivre.

Hélas, alors que j'essaie de parler, de trouver une remarque légère à glisser après tout ça, une soudaine nausée me monte à la gorge.

Bon sang !

Tant que j'étais debout, le tangage ne me dérangeait pas. Mais maintenant que je suis allongée, mon corps se rebelle. Les otites à répétition dont je souffrais dans mon enfance m'ont fait comprendre depuis longtemps que je ne suis pas faite pour les voyages et que je suis sensible au mal des transports.

Tant que le bateau bougeait et que j'étais sur le pont, tout allait bien. À présent que l'ancre est jetée et qu'il se laisse porter par les vagues, je ne tiens plus.

Mon estomac se noue et une sueur froide perle sur ma peau. Mince… Ça risque de très mal tourner.

— Je suis désolée, dis-je en vitesse, avant de me précipiter dans la salle de bains.

Juste à temps.

Je claque la porte et me penche sur les toilettes pour vomir. Ce n'est pas bon du tout. La salade de fruits tropicaux que j'ai mangée au petit déjeuner n'était pas une si bonne idée, finalement…

J'essaie de me relever, mais mon corps ne veut rien entendre et je vomis jusqu'à ce que je n'aie plus rien dans le ventre. Faible et les jambes en coton, je parviens enfin à me redresser et à me traîner jusqu'au lavabo. Je jette un coup d'œil au miroir – nouvelle erreur. J'ai une tête à faire peur et mes yeux humides semblent plus gris que verts.

Agacée, je me passe un peu d'eau fraîche sur le visage et me rince tant bien que mal. Heureusement, il y a de quoi se laver dans le placard. J'ouvre l'emballage d'une brosse à dents et un mini-tube de dentifrice avant de me brosser consciencieusement les dents. Ça m'aide à me sentir vaguement humaine de nouveau.

Cette fois, quand je me contemple dans la glace, mes yeux ont retrouvé leur couleur. Je suis encore pâle, mais je vais mieux. Il est temps d'affronter Hart et l'humiliation qui m'attend de l'autre côté de la porte.

Quand je reviens dans la cabine, Hart fait les cent pas, la mine sombre. Quand il m'aperçoit, il s'approche un peu – pas beaucoup, comme s'il avait peur de me toucher.

— Ça va ? s'enquiert-il.

J'acquiesce, dépitée.

— Désolée pour tout ça.

Une étincelle passe dans ses yeux.

— Tu n'as pas à t'excuser.

Je me souviens trop tard qu'il n'aime pas qu'on s'excuse quand on n'a rien fait de mal.

J'indique d'un geste mes oreilles et explique :

— Elles me posent des fois des problèmes quand je m'allonge dans un appareil en mouvement… Ce n'est pas toujours joli à voir.

J'accompagne ma phrase d'une mimique d'écœurement que j'espère éloquente.

Hart ne dit rien pendant un moment, puis, quand il s'approche enfin, la vitesse à laquelle il parvient jusqu'à moi me surprend. Il me prend dans ses bras, une main puissante sur ma taille et pressant ma tête contre son torse.

Je sens son cœur tambouriner contre ma joue. Ce réconfort inattendu me désarme mais me fait du bien. Car c'est ce qu'il cherche à faire. C'est peut-être quelqu'un qui parle peu, mais ses gestes en disent long, et il avait l'air à l'agonie quand je suis sortie de la salle de bains.

— Je vais bien, dis-je dans un souffle quand il me laisse enfin me redresser. Mais je me sens bête d'avoir gâché tes envies de tendresse.

Je souris, dans l'espoir que ma plaisanterie le déride un peu. En vain. C'est même tout le contraire.

Avec un regard noir dans ma direction, il quitte la cabine et claque la porte derrière lui.

13.

Hart

Je suis en enfer.

Je n'ai pas l'habitude des émotions. Ni de l'intimité. Et je n'ai certainement pas l'habitude de réconforter qui que ce soit non plus. Mais je viens de me laisser aller aux trois d'un coup et ça me brise.

J'ai eu horreur de l'entendre vomir. J'aurais voulu pouvoir entrer dans la salle de bains et l'aider, mais j'en ai été incapable. Pourtant je suis un homme d'action, je ne cède jamais à l'impuissance. Puis, pour ne rien arranger, elle a ouvert cette porte et la vue de son visage blafard a éveillé en moi un incompréhensible élan protecteur. Je l'ai prise dans mes bras, prêt à tout pour qu'elle se sente mieux.

Je ne suis pourtant pas ce genre d'homme.

Je ne suis pas le « héros » que certaines femmes attendent.

Je me suis donc forcé à remonter sur le pont, à lever l'ancre et à reprendre la barre. Plus vite nous arriverons à l'autre île, celle qui offre la plus belle vue de Gem Island, mieux ça vaudra.

J'entends un pas dans mon dos, suivi par un murmure.

— Hé…

— Oui ?

Je m'interdis de me retourner tant qu'elle n'aura pas émergé sur le pont.

En bon rustre que je suis, je fais tout mon possible pour ne pas la regarder, encore bouleversé par ce que j'ai ressenti tout à l'heure dans la cabine.

— Pourquoi est-ce que tu es remonté si vite ?

Elle a l'air plus troublée que contrariée, et un peu incertaine aussi. J'ai l'impression de recevoir un nouveau coup de poing dans l'estomac.

— Je pensais que tu avais besoin de temps pour te remettre.

Je reste froid, au risque de paraître insultant.

— N'importe quoi !

Seigneur, que j'aime ce côté brut de décoffrage !

— Laisse tomber, dis-je néanmoins, les dents serrées.

Elle va me prendre pour un gros égoïste si je continue à la traiter avec autant de dédain, alors qu'on vient de faire l'amour. D'un autre côté, je devrais me réjouir de la pousser à me haïr comme ça, étant donné ce que je ressens.

— Ne compte pas là-dessus ! lâche-t-elle avec une morgue typique qui me fait sourire. Qu'est-ce qu'il y a de si drôle ?

— Rien. Je suis une ordure et tu n'as pas peur de me le faire remarquer…

Je risque un coup d'œil dans sa direction. Elle

fronce les sourcils mais ses joues ont au moins retrouvé des couleurs.

Quand elle a fait ce bruit bizarre sur le lit, j'ai cru qu'elle était excitée et qu'elle en voulait plus. Puis j'ai vu son visage verdâtre. J'ai été malade moi aussi la première fois que Pa m'a emmené sur ce yacht, je connais donc bien les signes avant-coureurs. J'ai voulu faciliter les choses pour Daisy, sachant à quel point ça peut être pénible, c'est tout. Mais ce désir de la protéger m'a fait perdre mes moyens.

— Au moins, tu as conscience d'être un salaud.

Elle a l'air presque surprise par ma franchise, mais fronce toujours les sourcils.

— Je ne suis là que pour le sexe, je croyais que c'était clair. Si tu attends des mots d'amour et des bouquets de fleurs, tu t'es trompée de cible.

Je commence à avoir l'habitude de sa moue perplexe.

— Tu crois m'effrayer avec ton numéro de robot sans cœur ?

— Je mets juste les choses à plat.

Elle renifle avec un dédain que je pourrais trouver craquant.

— Tu n'as pas besoin de me rappeler que ce n'est qu'une histoire de sexe : je le sais.

Une étincelle mutine traverse son regard.

— Mais pour ta gouverne, me serrer dans tes bras juste parce que j'ai vomi pourrait être pris pour une preuve d'émotions.

— Surtout, ne le répète à personne !

Ma plaisanterie m'attire son premier vrai sourire depuis qu'elle est remontée sur le pont.

Mais il disparaît aussi vite qu'il est venu.

— Sérieusement, je comprends, Hart. C'est une aventure. Rien de plus. Mais nous ne pourrons pas éviter une certaine intimité, et pas juste physiquement.

Elle baisse les yeux sur ma braguette et mon sexe se met au garde à vous.

— Alors ne panique pas quand ça arrivera. Parçe que tu n'y peux rien. Et j'aimerais encore profiter de tes talents extraordinaires au lit. Seulement, ça risque d'être difficile si tu te mures dans ton silence.

Décidément, sa franchise force mon admiration. C'est une version féminine de moi.

— L'intimité, ce n'est vraiment pas mon truc, mais tu as raison. On travaille ensemble, on couche ensemble, c'est un passage obligé.

Je vois un petit sourire éclairer son visage quand j'ajoute :

— Ne va pas te faire des idées, c'est tout.

— Des idées ? Par exemple, que tu puisses avoir des émotions sous ton masque de glace ?

— Hé, doucement ! Toutes ces âneries sentimentales me donnent envie de vomir et on risque de se battre pour la salle de bains.

Comme je l'espérais, elle éclate de rire.

— Il doit bien y avoir d'autres toilettes dans ton palais flottant.

— Et si parlait de choses plus agréables ?

Elle rougit un peu.

— En parlant d'agréable… Tu es plutôt doué pour les préliminaires.

Sa repartie me charme encore plus que tout le reste de sa personnalité. Elle a quelque chose d'addictif et je sens que ça va m'attirer des problèmes. Bien que j'insiste pour éviter toute intimité, je sens qu'on se rapproche déjà. Ça a commencé par notre phénoménale partie de jambes en l'air dans la cabine, puis ça s'est poursuivi avec ce besoin pressant que j'ai eu de la prendre dans mes bras. Les émotions sont pour les faibles et j'ai refoulé les miennes depuis bien longtemps.

Je préfère me concentrer sur le sexe.

— J'ai hâte qu'on remette les pieds sur la terre ferme.

— Pourquoi attendre ? demande-t-elle en me jetant une œillade coquine. Tout va bien tant que le bateau avance. Il ne faut pas que je m'allonge, c'est tout.

— Et qui va tenir la barre ?

Je baisse la voix pour ajouter :

— Parce que crois-moi, bébé, quand je plonge mon sexe en toi, comme tu le sais, j'aime bien me concentrer sur ce que je fais.

Je vois sa gorge bouger quand elle ravale sa salive.

— OK…

Nous nous taisons, mais ce silence est agréable. Nouvelle surprise : quand je sors avec des femmes et que nous ne sommes pas en train de faire l'amour, elles passent leur temps à bavarder sans but ou à me poser des questions assommantes. C'est pour ça que je préfère ne jamais sortir deux fois avec la même personne. Après le premier rendez-vous, elles se sentent en droit de sonder mon passé et j'ai horreur de ça.

Si je voulais qu'une femme plonge son nez dans mes affaires vingt-quatre heures sur vingt-quatre, je me serais marié.

Et ça n'arrivera jamais.

Au bout de cinq minutes de silence, je risque un petit coup d'œil dans sa direction – et je le regrette instantanément. Elle offre son visage au soleil, les yeux fermés, avec un petit sourire flottant sur les lèvres. L'image parfaite d'une femme profitant du beau temps sur un yacht, sous le soleil idéal du Queensland. Un mélange d'ange et de diablesse qui a l'air d'en savoir plus long qu'elle ne le montre.

Le désir me prend à la gorge, à la fois féroce et inattendu, avant d'être remplacé par l'inévitable vide qui suit toujours. Je ne peux pas me permettre d'avoir autant envie d'elle. Je ne veux pas découvrir ce que cache son sourire. Je refuse de trop m'attacher.

Continue à suivre ton plan, crétin, et tout ira bien.

Pas le choix…

14.

Daisy

En toute honnêteté, je ne suis pas fâchée de retrouver la terre ferme.

— À quoi tu penses, marin d'eau douce ?

Comment fait-il ça ? Comment arrive-t-il à toujours deviner ce que j'ai en tête ? Il indique d'un geste le décor époustouflant qui s'étale devant nous, se redressant d'un air fier comme s'il avait bâti Gem Island de ses propres mains.

— Tu as raison. C'est le point de vue idéal pour photographier l'île. Les images seront parfaites pour nos nouvelles brochures et nos publicités en ligne.

Je plisse un peu les yeux pour mieux voir.

— Mais tu vois, il me semble que l'image est un peu trop parfaite. Les touristes vont penser que le bleu du ciel et la verdure sont retravaillés.

— Ce n'est pas le but de la com ? Attirer les gens pour qu'ils aient envie de venir voir de leurs yeux si c'est aussi beau que sur les prospectus ?

— Oui, mais…

Je soupire. Si seulement je pouvais rester toute

ma vie dans ce paradis ! Dire que Hart a cette chance, lui, et qu'il a hâte de s'enfuir !

— Moi, ça me coupe le souffle.

— Oh ! Je croyais que c'était mon job à moi de te couper le souffle !

Je glousse. J'aime l'humour pince-sans-rire, et Hart est particulièrement doué pour ça quand il baisse la garde – hélas, ça n'arrive pas souvent.

— Continue à penser ça, l'étalon !

— Je ne t'ai pas entendue te plaindre, tout à l'heure, murmure-t-il d'une voix si intense que je la sens vibrer là où sa langue m'a donné tant de plaisir tout à l'heure.

— Et moi, je t'ai assez complimenté sur ta performance.

Je sais que j'ai l'air hautaine et je rejette mes cheveux en arrière d'un geste étudié pour faire bonne mesure.

Hart éclate de rire – c'est un véritable rugissement qui effraie un vol de perroquets qui avaient élu domicile dans un palmier, au-dessus de nous.

— On ne complimente jamais assez un gars sur ce genre de choses. En matière de sexe, nous sommes restés une bande d'hommes des cavernes égocentriques…

Plus nous poussons, plus j'apprécie cette petite joute. Je ne me laisse donc pas distancer :

— Dans ce cas, sache que je ne distribue pas mes compliments à tout-va. Certains hommes des cavernes sont quand même *beaucoup plus* doués que d'autres…

— Tu m'en vois flatté.

— À raison.

Il a l'air détendu, presque serein, comportement qui jure avec ses regards intenses. Toutes ces fanfaronnades au sujet du meilleur cunnilingus de ma vie me poussent à contempler ses lèvres de nouveau et à me souvenir…

— Tu sais que tu es très facile à cerner ?

Je m'arrache à la contemplation de sa bouche. Il me dévisage d'un air farouche, comme il l'a fait sur le bateau avant de m'entraîner dans la cabine.

— On me l'a déjà dit, oui.

J'indique mon visage d'un geste et ajoute :

— Je suis un livre ouvert.

— Nous avons tous nos secrets tout de même.

Ses yeux brûlants me donnent d'un seul coup envie d'arracher mes vêtements.

— Mais je me moque des tiens, enchaîne-t-il. Tout ce que je veux, pour l'instant, c'est coucher avec toi.

Sa voix rauque me fait autant frissonner que s'il m'avait caressée et la chair de poule recouvre en un instant mon corps. Mais je sais que tout ne pourra pas tourner autour de mon plaisir, pas cette fois.

Je jette un rapide coup d'œil à la plage isolée qui borde la côte sud de cette petite île. Hart a amarré le yacht à une jetée, à un kilomètre et demi de nous, et nous avons longé un sentier caillouteux et mal dessiné à travers une jungle miniature pour arriver là. C'est un endroit inhabité, propriété d'une société de préservation qui cherche à protéger l'écosystème naturel des Whitsundays.

Jamais encore je n'avais autant apprécié la cause environnementale : nous sommes seuls dans ce petit paradis, et je sais exactement quoi faire pour nous distraire…

— Viens avec moi, dis-je en le tirant par la main.

Il hausse un sourcil surpris mais se laisse entraîner vers le sommet de la plage, à l'ombre des premiers arbres.

Une fois l'orée de la forêt atteinte, je jette un dernier coup d'œil par-dessus mon épaule, nerveusement. Je doute encore un peu de ma décision soudaine, mais nous sommes complètement seuls et il faudrait un sacré bon zoom aux satellites qui nous survolent pour voir ce que j'ai l'intention de faire.

— Pourquoi est-ce que la chaleur tropicale m'excite à ce point ? dis-je avec un petit sourire.

Il ne répond pas à cette question totalement rhétorique et me regarde lâcher sa main pour ouvrir sa braguette, l'air à la fois étonné et solennel.

— Bon Dieu, murmure-t-il en voyant que je prends tout mon temps pour mieux savourer sa grimace torturée.

On va bien s'amuser… Je défais le premier bouton de son short et glisse une main dans son boxer.

Son sexe est ferme et soyeux. Doux et dur à la fois. Parfait.

Quand je le libère des vêtements qui l'emprisonnent et m'agenouille devant lui, Hart émet une sorte de gémissement étouffé. La peau veloutée effleure ma joue puis je la lèche langoureusement.

— J'ai envie de toi, Daisy.

— Plus tard, dis-je avant de le prendre dans ma bouche.

Il a un goût un peu salé, musqué et délicieux. Je le caresse tandis que mes lèvres adoptent un rythme naturel qui me redonne confiance. Qui m'aide à prendre le contrôle.

Ses hanches se mettent en mouvement et nous nous coulons dans le même va-et-vient. Mes lèvres et ma main travaillent ensemble jusqu'à lui faire pousser des petits soupirs incohérents.

C'est enivrant de faire perdre ainsi la tête à un homme si autoritaire. C'est une prise de pouvoir délicieuse. Je le serre et l'aspire plus fort, bercée par ses gémissements.

— Daisy…

Il pousse presque un cri, rauque, au moment de jouir ; bien vite suivi par un grondement guttural si fébrile que j'ai l'impression d'être une reine.

Je m'écarte un peu quand j'ai fini, pour découvrir qu'il me dévisage avec passion, comme si je venais de lui offrir le plus beau cadeau de sa vie.

— Tu es extraordinaire…

Il prend mon visage dans ses mains et ses yeux sombres de désir font s'accélérer les battements de mon cœur.

Étrangement embarrassée, je fais de mon mieux pour ne pas perdre mon calme.

— Tu méritais que je t'offre une friandise à mon tour, dis-je.

Il accueille ma remarque avec un petit sourire.

— Tu as une drôle de manière d'illustrer tes métaphores.

— Autant continuer à mélanger travail et plaisir, non ?

Il faut que je recule, que je mette un peu de distance entre nous : je n'ai plus la force d'affronter ce regard qui ne me quitte plus et qui me donne l'impression d'avoir tant d'importance, d'un seul coup.

J'ai pourtant très bien reçu le message, sur le yacht : ce que nous partageons, c'est du sexe et c'est tout. Hart est ma gourmandise. Rien d'autre. La seule intimité qu'on pourrait partager doit rester superficielle. Et c'est ce que je veux.

Alors, pourquoi ai-je l'impression que ces parties de jambes en l'air torrides risquent de créer des complications dont nous n'avons envie ni l'un ni l'autre ?

15.

Hart

Je suis vraiment mal parti.

Je me noie complètement, et ça n'a rien à voir avec la mer qui nous entoure tandis que nous reprenons la route de Gem Island à bord du yacht.

Le sexe a pourtant toujours été un plaisir pour moi. Simple, sans attaches, juste un soulagement. C'est ce que cette aventure avec Daisy était censée m'apporter aussi ; mais la réalité est en train de devenir plus… trouble.

Je suis prêt à accepter toutes les fellations explosives qu'elle voudra bien me faire, mais je suis incapable de gérer mes réactions irrationnelles quand je suis avec elle.

J'ai presque l'impression que nos sessions de sexe furtives ne suffisent pas.

Daisy est phénoménale au lit, ça fait partie de son charme, je le comprends. Mais sa détermination à ne pas laisser passer mes bêtises m'excite au moins autant que son corps. Et ce n'est pas bon signe. Se faire mutuellement plaisir est une chose ;

vouloir partager davantage avec cette femme en est une autre.

Je n'arrive toujours pas à croire qu'elle m'ait demandé des explications après ma fuite de la cabine – et mon maladroit câlin de réconfort. Pire encore, elle a conscience que notre rapprochement d'aujourd'hui n'a pas juste été physique, même si nous faisons tous les deux semblant de ne pas le voir.

Je ne peux pas trop baisser la garde. Je suis bien résolu à ne pas laisser cette histoire sortir de la sphère du sexe, mais elle ? Elle n'arrête pas de le répéter, certes. Néanmoins, je me méfie. Il faut que je replace quelques barrières entre nous. Et dans ce but, j'ai opté pour le silence.

Elle m'a abandonné sur le pont pour se mettre à l'ombre à tribord. Elle a prétendu vouloir faire un semblant de sieste, mais elle n'ose pas s'allonger sur son transat après sa débâcle dans la cabine. Je ne suis pas dupe. En fait, elle en a assez de mon mutisme. Moi-même, je ne me supporte plus quand je suis dans une humeur pareille.

Pa savait qu'il vaut mieux me laisser seul dans ces moments-là. Il ne m'a jamais poussé dans mes retranchements, n'a jamais posé de questions ; il respectait mon besoin de solitude. Je devrais être reconnaissant à Daisy de faire la même chose, mais je ne peux m'empêcher de me demander à quoi elle pense, sous son joli minois.

Est-ce qu'elle regrette d'avoir couché avec moi ?

Est-ce que notre accord lui convient vraiment ?

Est-ce qu'elle attendait autre chose de cette

journée ? Plus de bavardages, de révélations, de… *tout* ?

Oui, il faut vraiment que je me tienne à distance pendant quelque temps. Que je mette les choses en perspective et que je m'assure d'avoir la force de supporter ce chaos émotionnel qui tourbillonne en moi comme un cyclone.

En général, je ne ressens pas grand-chose. Je ne suis pas un bouquet de sensations, mais une chose morte. Je n'ai pas le choix : ça a été le seul moyen de survivre aux horreurs dans mon passé. Faire semblant de ne m'intéresser à rien a marché avec le père de ma première famille d'accueil, une brute sadique qui m'obligeait à l'appeler papa quand il me battait avec une baguette de fer ou avec un fouet. Dans de telles circonstances, ma seule échappatoire était le détachement. Et c'est vite devenu une habitude.

La famille suivante était plus indifférente que méchante, et la dernière a été adorable. Mais à l'époque, j'avais déjà treize ans et le mal était fait.

Seul Pa a réussi à m'atteindre, juste parce qu'il était aussi têtu que moi : il n'a jamais baissé les bras. Il a insisté jusqu'à ce que je n'aie plus d'autre choix que de m'ouvrir à lui. Maintenant qu'il n'est plus là, je replonge instinctivement dans mes vieilles habitudes de froideur.

Nous amarrons enfin dans la marina de Gem Island et il est temps de mettre mon projet à exécution. J'ignore Daisy tant que le moteur tourne et que les amarres ne sont pas solidement fixées. Je ne m'intéresse à sa présence que pour l'aider à mettre pied à terre.

— Merci.

Elle me lance un sourire charmant et je surprends une pointe de confusion dans son regard.

Sans doute me prend-elle pour un fou, avec mes sautes d'humeur. Je m'en moque. J'ai besoin de ça. L'instinct de survie est toujours plus fort que le reste, chez moi.

— Est-ce que je te verrai, ce soir ?

À ma grande honte, mon premier instinct est de répondre : « bien sûr ! », mais je me force à le contrecarrer.

— Désolé, après avoir perdu tout ce temps aujourd'hui, j'ai plein de travail à rattraper.

— Compris…

Elle me lance un regard aiguisé.

— Par contre, il va falloir qu'on clarifie certaines choses avant que je crée les nouveaux profils sur les réseaux sociaux.

Soulagé de voir qu'elle redevient professionnelle, je demande :

— Quelles choses ?

— Le contenu de ta biographie, par exemple.

Elle hésite un instant, puis redresse le menton d'un air décidé.

— Tu ne m'as pas répondu, tout à l'heure, quand j'ai parlé de ton travail caritatif auprès des enfants…

— Il est hors de question que tu mentionnes ça !

Elle recule d'un pas devant ma colère, et j'ai l'impression d'agir comme une ordure.

— Contente-toi de te concentrer sur les hôtels. Mon travail avec les enfants placés est confidentiel, c'est clair ?

— Bien.

Non, ce n'est pas bien. Elle serre les dents et son regard est sombre.

— Je vais mettre au point les profils du personnel et je demanderai au photographe de parcourir l'île pour les portraits, demain.

— Bonne idée !

Je fais de mon mieux pour paraître indifférent, dans l'espoir qu'elle renonce à d'autres questions – des questions auxquelles je n'ai pas envie de répondre. Mais bien évidemment, loin de laisser tomber, elle se redresse comme une guerrière prête au combat. Or je ne veux pas qu'on se batte. Je préférerais qu'elle me laisse tranquille avant que je dise des choses que je pourrais regretter… Par exemple, à quel point j'ai envie de son corps, sans toutes ces complications inutiles.

— Tu n'es pas sociable, je comprends, déclare-t-elle, les bras croisés, en me dévisageant avec dédain. Mais si mes recherches sont correctes et si tu passes réellement beaucoup de temps avec ces gamins, ça veut dire que tu ne fais que jouer un rôle. Ça veut aussi dire que tu es délibérément brutal et cassant avec moi. Et tu sais ce que j'ai envie de répondre à ça ?

Sans me laisser le temps de la reprendre pour

avoir encore mentionné les enfants, elle me fait un doigt d'honneur et tourne les talons. Je reste planté là, admiratif et dévoré par le désir de lui courir après.

16.

Daisy

J'ai du pain sur la planche ! Répondre à des e-mails, approuver les derniers détails de la campagne… Mais dès la porte de ma villa passée, je me précipite d'abord sous la douche.

Il faut que je me lave de cette journée.

Si seulement les souvenirs pouvaient s'effacer aussi facilement que la sueur qui me colle à la peau dans cette insupportable humidité tropicale ! Hélas, pas moyen d'oublier ce fichu Hart. C'est l'homme le plus bourru, insupportable et brutal que j'aie jamais connu.

Et j'ai encore envie de lui !

Faire un doigt d'honneur à un client n'est pas la stratégie la plus judicieuse dans mon métier, mais j'étais tellement en colère sur ce quai que j'aurais tout aussi facilement pu le jeter à l'eau et le regarder se noyer.

Il a le don horripilant d'être attentionné à un moment et glacial la seconde suivante. J'aimerais pouvoir dire que j'en ai fini avec lui, mais ça ferait de moi une menteuse. Je veux encore du sexe renversant, je veux sentir de nouveau sa langue sur moi. Il faut simplement que j'accepte le fait que Hart est un crétin colérique et que je me concentre sur l'aspect purement physique de notre relation.

Je peux y arriver.

Et puis, les bonbons, c'est parfois acide et piquant aussi, mais le résultat final est toujours le même : on garde un goût agréable en bouche. Hart est juste un bonbon. Donc, plus de confidences ni de moments d'intimité. On couche ensemble, on prend notre pied, et au revoir !

Chantonnant un air féministe entraînant, je me sèche et enfile mon pyjama. Service d'étage et travail, ça me semble un bon plan pour la soirée. En plus, si je ne quitte pas ma villa, je ne risque pas de tomber sur Hart et de l'étrangler en dépit de mes bonnes résolutions.

Je m'occupe d'abord des e-mails. Ça me prend une demi-heure et je ne m'interromps vers la fin que le temps de commander un plat de raviolis de homard et un parfait à la fraise. Étant donné que j'ai rendu tout mon déjeuner sur le yacht, je croise les doigts pour qu'on me serve vite.

Je suis déjà plongée dans la rédaction d'une réponse diplomate aux dernières exigences d'Alf quand on frappe à ma porte. Mon estomac gargouille d'impatience et je cours ouvrir.

Mais ce ne sont ni des raviolis ni un parfait qu'on m'apporte sur un plateau.

C'est mon bonbon préféré.

— Qu'est-ce que tu fais là ?

La faim me rend grincheuse et Hart paraît surpris par mon accueil si peu courtois. À quoi s'attendait-il ? Pensait-il que j'allais me jeter à ses pieds après la manière dont il m'a rembarrée sur le quai, juste pour lui avoir posé une simple question ?

— Je peux entrer ?

Il ne me regarde pas dans les yeux. Il examine ma tenue et je dois résister à l'envie d'onduler, les mains calées sur mes hanches, pour lui rappeler ce qu'il rate.

— Je ne suis pas habillée pour recevoir, dis-je avec tout le dédain dont je suis capable.

— Dans ce cas, change-toi… Ou déshabille-toi.

Ses lèvres sensuelles se fendent d'un demi-sourire.

Une vague de chaleur monte entre mes cuisses – à mon grand dam !

— Je n'ai pas l'intention de quitter ce pyjama. En plus, je travaille, dis-je avant de montrer mon ordinateur sur la table, derrière moi.

Il contemple toujours mes vêtements.

— Ces motifs, ce sont des cornets de glace ?

Je hausse les épaules.

— Que veux-tu ? J'aime le sucre.

— Toutes sortes de friandises, donc.

Sa voix a pris un ton un peu rocailleux et je ne peux m'empêcher de retrouver sa saveur sur ma langue.

— Ce serait vraiment mieux que tu t'en ailles…

— Tu n'as pas faim ?

Je soupire, appuyée contre le montant de la porte.

— Je ne suis pas d'humeur pour ce genre de jeu.

— J'ai croisé le serveur avec ta commande, et vu qu'on allait dans la même direction…

Il tire un chariot de derrière la haie bien taillée qui sépare ma villa de la voisine.

— Voilà ton repas !

— Rentre-le, dis-je exaspérée, parce que j'ai vraiment faim et que le chariot a l'air bien trop lourd à pousser pour moi.

Même avec ses biceps impressionnants, Hart a du mal à lui faire gravir la petite côte jusqu'à la porte.

Une fois le chariot placé près du bureau, il se tourne vers moi.

— J'ai droit à un pourboire ?

— Non, à un conseil : sois plus gentil avec ton génie de la com !

Il me gratifie d'un sourire lourd de sous-entendus.

— Je croyais que le génie de la com me préférait vilain…

Il se penche vers moi et je serre les dents pour ne pas me plaquer à lui.

— Très, très vilain, murmure-t-il.

— Ça suffit.

Je lève une main pour l'arrêter – comme si ça avait le pouvoir de le retenir.

— Je t'en veux.

— Je sais, répond-il. Et je le mérite.

Il soupire avec une petite moue navrée.

— En fait, je suis venu m'excuser.

Il est hors de question que je lui facilite la tâche sous prétexte qu'il me fait une tête de chien battu.

— Que c'est noble de ta part ! dis-je donc sans étouffer mon sarcasme.

Il grimace.

— J'ai agi comme un imbécile, mais c'est ce que je suis. Je n'aime pas l'intimité et je sais que j'ai tout gâché entre nous.

D'accord, son honnêteté soudaine me touche un peu.

— Que les choses soient bien claires, Hart : je n'aime pas les ascenseurs émotionnels. Ils me font encore plus vomir que les bateaux. Donc, ces petites crises de colère qui te prennent et les excuses qui suivent…

Je passe un doigt en travers de mon cou.

— J'en ai jusque-là. Et je ne vais pas me laisser charmer, cette fois.

Son air navré me donne envie de le serrer dans mes bras. Je résiste.

— Oui, je sais, dit-il. Est-ce qu'on peut parler quand même ?

Je ne devrais pas céder. Je devrais arrêter de discuter tout court avec ce déséquilibré et me concentrer sur l'aspect physique. Mais il me dévisage avec ses yeux de cocker, me suppliant presque de l'écouter, et je finis par me laisser convaincre. J'ai toujours eu un faible pour ce genre de choses.

— D'accord, dis-je en fermant la porte avant de lui indiquer d'un geste le confortable canapé garni de coussins. Fais comme chez toi !

— J'ai dépassé les bornes, quand je me suis

énervé sur le quai, juste parce que tu avais abordé le sujet de ma relation avec les gamins.

— Oui, en effet.

J'attends qu'il s'installe pour m'asseoir en face de lui. La dernière chose dont j'ai besoin, ce soir, c'est de sentir son corps tout près du mien sur le canapé.

— Ce que je vais te dire est strictement privé et je ne veux pas te voir t'en servir pour promouvoir les hôtels. OK ?

Je m'interdis de lever les yeux au ciel face à cette évidence et me contente d'acquiescer.

— Je fais beaucoup de bénévolat pour aider les enfants placés dans le monde entier. Je construis des centres pour leur offrir un sanctuaire s'ils en ont besoin.

Il se détourne, mais j'ai tout de même le temps de voir un éclat de douleur intense, déchirant, au fond de ses yeux. Le genre de douleur que je ne pourrais jamais comprendre ni partager.

— Tout le monde sait que j'étais dans le système quand mon grand-père m'a retrouvé. Il m'a tant donné que j'ai eu besoin de rendre un peu de ce que j'ai reçu. Aider ces gamins est ma façon de le faire.

Il se redresse et donne un petit coup sur son torse.

— Je sais ce qu'ils traversent parce que je l'ai vécu, moi aussi. Et je n'ai pas besoin que des crétins viennent m'acclamer pour ça. Voilà pourquoi je refuse d'en parler.

Il passe encore tant de choses sous silence ! Je le vois dans ses lèvres pincées, ses épaules courbées, son cou crispé. Il souffre, et ce n'est pas qu'une question de pitié pour les gamins qu'il aide.

Mais j'ai retenu ma leçon. Je ne lui forcerai pas la main. Je suis déjà surprise qu'il m'en ait dit autant et je vais devoir m'en contenter pour le moment.

— Je n'aime pas être obligé de me justifier devant toi…

Il secoue tristement la tête. Sa bouche est tellement déformée par sa moue amère que j'ai l'impression d'être en train de le torturer avec des pinces à téton. Non pas que je sache ce que ça fait ! J'ai lu des choses. Sur Internet. En faisant des recherches pour une mission auprès d'un sex-shop.

— Nous savons tous les deux ce qui se passe entre nous : juste du sexe. Et je ne comprends pas pourquoi ça doit devenir si compliqué.

Mon cœur se serre.

— Ça n'est pas obligé.

Il me fait taire d'un geste découragé.

— Le fait que je sois venu pour m'excuser de mon comportement alors que je déteste faire ça prouve bien qu'il ne s'agit pas que de sexe.

Ces mots me surprennent, mais il a raison, hélas.

Il faut que je redresse la barre en faisant la seule chose que nous comprenons tous les deux : me concentrer sur notre désir mutuel.

— Ne t'en fais pas. Je sais aussi bien que toi que ta venue ici pour me montrer une faille dans ton armure correspond à ton idée tordue des préliminaires…

— Bon sang, tu compliques encore les choses ! grommelle-t-il.

Ce n'est qu'à ce moment que je me permets un sourire.

Dès qu'il voit mon expression triomphale, ses épaules se détendent et il se laisse aller au fond du canapé.

— Tu joues avec moi, pas vrai ?

— Oh ! Si peu…

J'illustre ma réponse d'un geste, écartant mon pouce et mon index d'un centimètre à peine. Il lâche un petit rire.

— Tu me pardonnes ?

— Oui, mais juste parce que j'ai trop faim pour poursuivre cette conversation.

Je me lève et vais soulever les couvercles des plats, sur le chariot.

— Tu as faim ?

— Non, ça va.

— Tant mieux, parce que je ne suis pas d'humeur à partager ! Voilà le plan. Je vais dévorer ces raviolis et ce parfait à la fraise aussi vite que j'en suis capable, puis je vais me remettre au travail.

— Et tu ne penses pas avoir envie d'une friandise pour terminer le repas ?

Sa voix sensuelle traverse mon corps comme une caresse. La chair de poule envahit ma peau et mes tétons qui durcissent sous mon pyjama attirent immédiatement son attention.

— J'ai l'impression que certains de tes cornets

de glace sont coiffés de petites cerises, lance-t-il avec un sourire coquin.

J'éclate de rire et il m'imite.

— OK, tu as gagné : tu peux rester.

— Bien.

Ses yeux, assombris par le désir, m'examinent consciencieusement.

— Tu sais, tu n'es pas la seule à aimer le sucré, et j'ai soudain une grosse envie de glace.

Mes joues s'empourprent quand je me souviens à quel point sa langue est douée.

— Tu sais, je n'ai jamais mangé de sorbet au lit. Ça pourrait être drôle.

— Tu lis dans mes pensées.

À en croire l'éclat lascif qui brille au fond de ses yeux, ses pensées ne se limitent pas à ça…

Je me sens faiblir. J'ai tellement faim que ma tête tourne – en tout cas, c'est mon excuse et je m'y tiens.

— Mange ! ordonne Hart.

J'obéis, tandis qu'il prend ses aises sur le canapé et feuillette les magazines laissés sur la table basse.

Les raviolis sont divins : des morceaux succulents de homard enveloppés dans des pâtes faites maison et recouverts d'une sauce au vin blanc. Le parfait est tout aussi bon, avec ses fraises, sa meringue, sa crème au citron et son coulis de fruits rouges sur une élégante assiette triangulaire blanche.

Ce n'est qu'une fois la dernière bouchée avalée que je lève les yeux pour m'apercevoir que Hart me dévisage, les yeux fixés sur ma bouche.

— Qu'est-ce qu'il y a ? J'ai quelque chose au coin des lèvres ?

— Pas encore, mais ça ne va pas tarder…

Il bondit sans prévenir du canapé et je pousse un cri de surprise. Je recule contre le chariot, puis cours me réfugier derrière le bureau. Hélas, la pièce n'est pas assez grande pour une longue course-poursuite et je me retrouve bien vite acculée face à cet homme immense et fébrile, hanté par son idée fixe.

Heureusement, la même idée fixe me hante depuis un moment.

— Je sais très bien comment t'aider à bien digérer ce repas, murmure-t-il avant de déposer un baiser sur ma joue.

Ses lèvres sont comme des plumes sur ma peau, l'effleurant à peine, mais me faisant frissonner sans effort. Il enchaîne les petits baisers le long de ma mâchoire, jusqu'à mon oreille.

— Tu sais que cette fellation, tout à l'heure, m'a presque rendu fou ?

Son souffle réchauffe ma peau et il lèche le lobe de mon oreille avec une telle sensualité que je dois me mordre la lèvre pour ne pas gémir.

— Tu es douée, tu sais…

— Toi aussi, dis-je péniblement.

Ma voix s'étrangle, aiguë, quand il pose les mains sur ma taille pour me guider d'un geste autoritaire jusqu'au lit.

Je recule à petits pas et il n'a pas l'air pressé. Il

m'embrasse sur l'épaule, sur la clavicule, dans le creux du cou.

C'est une torture exquise qui me donne envie de sentir cette bouche si talentueuse sur des zones encore plus sensibles.

Finalement, l'arrière de mes genoux percute le bord du lit et Hart me stabilise au moment où je tombe en arrière pour m'en empêcher.

— C'est vraiment très mignon, tout ça, dit-il en jouant avec le bord de mon haut de pyjama.

— Tu ne préférerais pas quelque chose de plus sexy ?

— Ce que ça cache est plus sexy que toutes les nuisettes du monde.

Il soulève la veste de pyjama et la passe par-dessus ma tête. Ses regards ne quittent pas ma poitrine.

— Oh oui… Tellement plus sexy…

Je ne bouge pas. Je sens qu'il a envie de prendre son temps et il me récompense de ma patience en posant les mains sur mes épaules, puis en les laissant glisser le long de mes bras. Il me prend finalement les mains en douceur et les guide jusqu'à mes seins.

— Je veux te voir faire.

Ses doigts recouvrent mes pouces et mes index, pour que je pince mes propres tétons. Je suis ses instructions et c'est tellement excitant qu'une moiteur brûlante envahit immédiatement mon entrejambe.

— Continue, ordonne-t-il.

Pendant que je lui obéis, ses mains continuent leur descente, passant sur mes côtes, mon ventre, pour se glisser sous l'élastique de mon short qu'il fait descendre jusqu'à mes chevilles.

Je chasse le short d'un coup de pied et ne peux réprimer un sursaut quand ses mains se referment sur mes fesses. Il me caresse en me regardant jouer avec mes tétons. Ses lèvres restent entrouvertes et il respire de plus en plus vite.

Je frissonne de désir, mais il me fait encore attendre. Glissant un doigt entre mes fesses, il passe son autre main devant, entre mes cuisses.

Je me cambre, mais il me retient.

— Pas si vite.

— J'ai besoin… de toi !

— Et tu m'auras, mais j'ai envie de jouer un peu.

Il glisse un doigt en moi et je gémis.

— Tu es si mouillée…

Sa voix est devenue rauque et il me contemple comme s'il était étourdi, tout en continuant à me masturber. Dedans, dehors. Il adopte un rythme lent et paresseux. À croire qu'il a tout son temps pour me faire jouir.

Je ne suis pas aussi patiente que lui.

Je n'ai encore jamais fait ça, me pincer les tétons pendant qu'un homme essaie de me donner du plaisir ; et c'est enivrant. Mais je suis nue et lui, il a encore beaucoup trop de vêtements sur lui ! Je veux sentir sa peau contre la mienne. Je le veux tout entier !

Les mains tremblantes, je déboutonne sa chemise et il s'en débarrasse sans arrêter ce qu'il est en train de faire, en changeant simplement de main avec expertise.

— Mon Dieu, tu es doué…

Un petit sourire accueille ma remarque.

— Je croyais t'en avoir déjà apporté la preuve, non ?

— Je me dis simplement que la flatterie peut ouvrir toutes les portes, alors j'en profite. Plus je te complimente, meilleur tu seras.

— Tu es exigeante. Mais je peux faire avec…

Il me regarde ouvrir sa braguette et descendre la fermeture Éclair.

Mon cœur tambourine quand je prends son sexe dans ma main et serre. Il gémit à son tour, un grondement sourd que je sens jusque dans mes orteils. Il m'allonge ensuite sur le lit et me laisse au bord du gouffre, me raccrochant à un orgasme qui reste juste hors d'atteinte.

— Patience, dit-il en enlevant son boxer, comme s'il lisait dans mes pensées. On va prendre notre temps, ce soir, tu te souviens ?

— Reviens là !

Je recule un peu sur le lit et tapote le matelas. Il ne se le fait pas dire deux fois.

Il s'étend au-dessus de moi, appuyé sur les coudes et m'enfermant entre ses puissants biceps. Je me cambre de nouveau, incapable de contrôler mon désir. Il glousse et me mordille le cou. La frontière est mince entre douleur et plaisir…

— J'adore ton parfum, murmure-t-il en humant ma peau. Et ton goût.

Il lèche ma clavicule, remonte jusqu'à mon oreille, lentement, comme s'il tenait à me faire frissonner de frustration.

— J'ai besoin que tu me prennes. Maintenant.

Quand il me lance un regard amusé, un sourcil dressé, j'ajoute :

— S'il te plaît !

Il se redresse un instant et le froissement du préservatif qui suit est le son le plus doux que j'aie jamais entendu. Nous avons toute la nuit devant nous pour prendre notre temps. Mais ses petits jeux me font perdre la tête et je n'ai qu'une envie : lui montrer exactement à quel point nous sommes faits l'un pour l'autre. Au lit, bien sûr.

Je le regarde dérouler son préservatif. C'est d'autant plus érotique que je sais ce que ça fait de le prendre dans ma main. Je connais sa fermeté. Sa longueur. Sa forme. Il est magnifique.

Mais il n'a pas encore fini de jouer avec moi. Il pose ses mains sur mes cuisses et les écarte en douceur. Je le laisse faire de bonne grâce. Je sais ce qui m'attend et tous mes nerfs frémissent d'impatience. Il est très, très bon à ça.

Sa barbe naissante irrite la peau de mes cuisses tandis qu'il trace son chemin à coups de baisers pour atteindre mon point sensible. Je gigote fiévreusement et il murmure quelque chose qui ressemble à :

— Fais-moi l'amour.

— Crois-moi, j'en meurs d'envie.

Mon murmure s'achève en gémissement quand il passe sa langue sur mon clitoris.

Il redresse la tête.

— Mieux ?

— Encore, dis-je en remuant les hanches pour l'encourager.

Son sourire machiavélique m'apprend que je vais avoir exactement ce que je demande. Il replonge entre mes cuisses et me dévore.

De petits coups de langue furtifs alternent avec de longues caresses brûlantes, des coups de dent, des baisers, puis il se met vraiment à la tâche. J'oublie tout le reste. Mes muscles se crispent et j'ai l'impression de m'envoler. L'orgasme qui me saisit est si puissant qu'il me rend aveugle au monde entier sauf à lui.

Sans me laisser le temps de reprendre mes esprits, il me pénètre d'un long coup de reins à la fois décadent et divin.

— C'est si bon de te sentir, dis-je dans un souffle en m'agrippant à ses épaules pour passer les jambes autour de sa taille.

— Je te retourne le compliment.

Nos regards ne se quittent plus. Il commence à bouger avec une lenteur exquise qui me torture. J'ignorais que j'avais un point G jusqu'à ce qu'il glisse une main sous mes fesses et me soulève un peu. Je me retrouve prisonnière, avec mes jambes autour de lui et son sexe profondément enfoui en moi.

Il prend tout son temps, encore, effleurant ce fichu

point à chaque va-et-vient. Le plaisir est tellement intense qu'il flirte avec la douleur et me rend folle.

Je plonge mes ongles dans ses épaules quand il change de nouveau de position, imperceptiblement, et m'arrache un petit cri. Je voudrais le supplier de mettre fin à mon tourment délicieux et il doit le voir dans mes yeux parce qu'il accélère le rythme. Il me fait l'amour sauvagement, jusqu'à ce que je n'arrive plus à reprendre mon souffle. La tension qui m'envahit est trop forte. Elle monte encore et encore. Soudain, j'explose dans un feu d'artifice de plaisir si intense que les larmes me montent aux yeux.

Heureusement, il ne le voit pas : il baisse la tête juste avant de jouir à son tour et pousse un cri qui me donne la chair de poule.

Nous ne parlons pas.

Il n'y a rien à dire.

De toute manière, comment aurais-je pu exprimer la pensée terrifiante qui me vient ?

Je n'aurai plus jamais de plaisir avec un autre homme.

17.

Hart

Je n'ai jamais passé une nuit entière avec une femme.

Désarmé, je me rends compte que j'en ai envie, maintenant, en dépit de ce que me crient tous mes réflexes de survie. Je devrais prendre mes jambes à mon cou et fuir cette villa aussi vite que possible.

Mais Daisy me demande de rester et, après le traitement indigne que je lui ai réservé sur le quai, je ne peux pas refuser.

— Je ne savais pas que tu étais un cœur tendre, me murmure-t-elle en me jetant un petit regard depuis son cocon, dans le creux de mon épaule.

— Je ne le suis pas.

Ma voix est trop dure, et je m'oblige à tempérer mes paroles en ajoutant :

— Mais je n'en ai pas fini avec toi. Je reprends juste des forces pour le deuxième round.

— Il n'y en aura que deux ?

Elle me donne un petit coup joueur sur le torse.

— N'oublie pas que tu es là pour la nuit, mon cher. Je m'attends à plus d'exploits de ta part.

— Vendu ! dis-je en la serrant un peu plus contre moi.

Elle se pelotonne dans mes bras et je constate avec surprise que mon envie de fuir s'est évanouie.

Qu'y a-t-il de si mal à passer la nuit ici et à me réveiller demain dans les bras d'une belle femme ? Ce n'est pas comme si elle essayait de me passer la bague au doigt !

— Tu veux entendre quelque chose d'amusant ?

Je ne suis pas non plus un bavard, au lit. Une fois que j'ai fait ce que je veux, je pars et je rentre chez moi – ou, plus souvent, dans ma chambre d'hôtel du moment. Mais c'est une anomalie de plus au palmarès de cette nuit : la discussion ne me gêne pas.

— Je t'écoute.

— Je n'ai jamais eu de flirt de vacances, lâche-t-elle avec un petit rire enfantin. Même si, techniquement, je suis ici pour travailler, me trouver dans ce merveilleux hôtel avec un homme sexy me donne l'impression d'être en vacances…

— Tu ne diras plus la même chose quand tu devras faire des heures supplémentaires pour mettre notre nouvelle campagne en ligne dans les temps.

Elle chasse mes objections d'un geste las.

— Tu sais que je suis douée pour mon boulot, alors tu peux bien me laisser satisfaire quelques fantasmes de temps en temps !

Je dépose un baiser sur son front. Oh ! quel

idiot je suis ! Elle redresse la tête et me lance un sourire approbateur qui me donne l'impression d'être un dieu.

— Est-ce qu'on peut jouer aux questions-réponses ?

— Non.

Je lui en ai déjà dit trop long sur moi et je n'aime pas ses regards quand je me confie. Elle me donnerait presque l'impression qu'elle lit mes plus sombres secrets, ceux que j'ai enfouis au plus profond de moi.

— Dommage, parce que j'ai envie de jouer, moi.

Elle me pince un téton et je chasse vivement sa main.

— Ta couleur préférée ? demande-t-elle.

— Le rose.

Elle fronce le nez en gloussant.

— Non, impossible.

— C'est vrai.

Je promène mes doigts de ses seins à son nombril.

— J'adore le rose que prend ta peau quand tu jouis.

Cette même nuance envahit soudain ses joues.

— Tu n'as tout de même pas l'intention de répondre à chacune de mes questions par un sous-entendu sexuel ?

— Si, c'est bien possible.

Surtout si ça m'épargne de devoir lui dévoiler trop de choses de moi.

— Quelle est ta voiture préférée ?

Elle ne se laissera pas dissuader… Autant jouer franc-jeu pour l'instant.

— Je n'en possède pas, mais si je devais en acheter une, ce serait une Ford Mustang.

— Décapotable ?

— Bien sûr.

Elle acquiesce.

— Bon choix. Quel âge avais-tu quand tu as perdu ta virginité ?

— Qui parle de sexe, maintenant ?

Elle hausse les épaules et le drap qui la couvre retombe un peu. Cadeau bonus.

— Je suis curieuse, c'est tout.

— Quinze ans.

— C'est jeune…

— Une femme plus âgée a profité de moi.

Un froncement barre son front, et je le fais disparaître d'une caresse.

— Ce n'est pas ce que tu crois. Je vivais à Melbourne, à l'époque, dans une super famille d'accueil. Les parents avaient un enfant à eux et s'occupaient de trois autres gamins placés. La plus âgée avait dix-sept ans et une de ses amies d'école… Disons qu'elle me trouvait séduisant.

— Tu aimes les femmes plus vieilles que toi ?

— Tu as quel âge ?

— Vingt-sept ans.

— Donc, la réponse est non.

Son sourire mutin est irrésistible, comme le reste de son corps.

— Quel est ton plus grand regret ?

La légèreté de ces dernières minutes s'évanouit

d'un coup à cette question et je revis soudain l'instant que je regretterai toute ma vie.

Pa m'a appelé, la veille de sa mort. Nous avons parlé de sport, d'économie et d'une course de voitures qui allait bientôt avoir lieu. Il ne m'a jamais poussé à reprendre le travail à ses côtés, mais cette nuit-là, j'ai perçu quelque chose de nouveau dans sa voix, une fatigue qui assombrissait tout ce qu'il disait. Je me suis senti mal et je n'ai pas fermé l'œil après avoir raccroché. D'ailleurs, mon insomnie s'est aggravée quand j'ai reçu un autre appel, le lendemain, pour m'annoncer sa mort.

Ne pas lui avoir dit que j'avais l'intention de rentrer à la maison la semaine suivante pour lui faire une surprise restera le pire regret de ma vie.

Mais je ne veux pas en parler à Daisy. Je me contente donc d'un minable mensonge :

— Ne pas avoir été choisi pour jouer avec les Sydney Swans.

— Tu étais doué pour le football ?

— Non.

— Idiot !

Elle me frappe de nouveau le torse et, cette fois, sa main y reste, juste sur mon cœur. Trop près. Beaucoup trop près.

— Si tu pouvais faire un souhait, ce serait quoi ?

Sans comprendre, je sens ma gorge se nouer. Je n'ai jamais aimé ces jeux de devinettes. Et si ma mère était restée à la maison ? Et si mon père ne m'avait pas abandonné ? Et si l'une de mes familles d'accueil avait su percer le voile de ma colère pour se rendre compte que j'étais un bon petit gosse, au fond ? Et si Pa m'avait retrouvé plus tôt ? Et si j'avais été capable de devenir le petit-fils dont il rêvait, de me tenir à ses côtés pour diriger son empire et lui dire à quel point il comptait pour moi ?

J'ai horreur de ça. Tout ce sentiment, c'est pour les perdants.

— J'aimerais qu'on puisse rester ensemble dans ce lit toute la nuit.

Elle tapote mon torse avec plus de douceur.

— J'ai déjà l'intention de t'accorder ce souhait, dit-elle.

— Parfait. Commençons dès maintenant…

18.

Daisy

Je suis épuisée. J'ai l'impression d'avoir la gueule de bois alors que je n'ai pas bu une goutte d'alcool. C'est la faute de Hart et de son insatiable appétit sexuel.

Cet homme est un dieu au lit.

Même maintenant, à 9 h 10 et après trois courtes heures de sommeil, je me souviens encore de ses mains, de ses lèvres sur moi. Je sens la délicieuse irritation de sa barbe à l'intérieur de mes cuisses et la fermeté de son sexe en moi.

Je ne suis pas du tout en état d'affronter une réunion surprise avec Alf.

Il a atterri sur l'île il y a une heure et m'a envoyé un texto pour que je le retrouve en salle de réunion à 9 heures. Je me suis donc tirée du lit, abandonnant Hart qui dormait encore, rassasié, et suis arrivée avec deux minutes d'avance. Alf, lui, n'est pas encore là. Classique.

J'applique sur mes lèvres une couche de rouge corail, m'assure que ma jupe bleu marine est bien défroissée et m'assied à la grande table. J'ai emporté mon bloc-notes et mon ordinateur au cas où, ne sachant pas de quoi mon patron veut me parler. J'ai l'habitude de ces réunions sans intérêt qu'il organise juste pour asseoir son autorité, alors que nous savons tous les deux que c'est moi qui fais tout le travail et qui maintiens son agence à flot. C'est bien l'une des principales raisons qui me poussent à envisager une démission pour me mettre à mon compte.

Si seulement il m'accordait la promotion que j'ai largement méritée, je m'en contenterais ! Quitter mon emploi n'est pas ma priorité absolue, mais il ne me laisse pas le choix… Pourtant, l'idée d'abandonner un second projet majeur en moins d'un an me hérisse.

Je feuillette les derniers détails de la campagne de Hart. Tout se met en place petit à petit et c'est très bien.

Il est 9 h 15 quand Alf entre en coup de vent dans la salle, sans s'excuser de son retard.

— Il faut que je te parle.

— De quoi ? Je t'ai envoyé les dernières projections de la campagne et…

— Je sais ce que tu mijotes et ça ne passera pas avec moi.

Il tend vers moi un doigt accusateur, avant de se laisser tomber sur le siège d'à-côté.

— Ce n'est pas professionnel, ajoute-t-il.

Mon cœur s'arrête un instant, puis je me reprends. Il ne peut pas avoir deviné que j'envisage de partir.

Je ne suis pas assez idiote pour saboter mon emploi, même si le manque de reconnaissance dont il fait preuve use ma patience. Il frappe au hasard, c'est tout.

Rassemblant mes meilleurs talents d'actrice, ceux que j'utilise tous les jours pour faire semblant de me soucier de son avis, j'épingle un sourire poli sur mes lèvres.

— Je ne vois pas de quoi tu parles.

Il abat si violemment sa main sur la table que je sursaute.

— Ne fais pas l'innocente ! Tu es en train de manigancer quelque chose avec mes clients !

J'essaie de me souvenir de mes dernières missions. Est-ce que j'ai commis une erreur ? Rien ne me vient. Clairement, Alf bluffe pour me soutirer des informations.

— Est-ce que tu pourrais être plus précis ?

— C'est une honte ! Tu restes assise là, à me regarder de haut, alors que tu me court-circuites, espèce de sale petite c…

— Ça suffit !

Je sursaute pour la seconde fois en moins de deux minutes et fais volte-face sur ma chaise pour découvrir Hart dans l'embrasure de la porte.

Il est rouge de colère, il fronce les sourcils et ses épaules sont si crispées qu'on pourrait le croire pétrifié.

Alf, lui, pâlit.

— J'allais seulement dire lâch…

— Je me fiche de ce que vous alliez dire : on n'insulte pas une femme comme ça, point final !

Il traverse la salle comme un ange vengeur et se campe devant Alf, qui fait clairement de son mieux pour se fondre dans sa chaise.

— Et on n'accuse pas non plus une employée sans la moindre preuve. Excusez-vous !

Alf croise les bras, les lèvres plus pincées que jamais. Il ne s'est jamais excusé pour son comportement envers moi jusqu'à présent. Ce serait une première – et je la paierai sans doute au prix fort plus tard… Peut-être que le moment est venu de passer du rêve à la réalité et de lui donner ma démission une bonne fois.

— Un client de Brisbane m'a parlé de ton approche nonchalante concernant son dossier…

— Ça ne ressemble pas à des excuses, coupe Hart en s'asseyant sur le bord de la table devant Alf, qu'il domine de toute sa hauteur. Et vous feriez mieux de vous exécuter. Sinon, je pourrais employer cette jeune femme à plein temps dans mon service de relations publiques pour m'assurer qu'elle ne travaillera plus jamais pour vous.

Alf s'étouffe comme un poisson hors de l'eau et je dois m'asseoir sur mes mains pour ne pas applaudir.

Hart est mon héros.

Évidemment, Alf reprend très vite ses esprits. Rien ne peut le pousser à fermer sa grande bouche plus de quelques secondes.

— C'est bon, d'accord, je suis désolé, marmonne-t-il, les yeux fixés sur le mur derrière mon épaule.

Hart se penche pour arriver à la hauteur de son visage.

— Si vous ne vous montrez pas plus convaincant que ça, je vous vire sur-le-champ et je confie la mission entière à Daisy Adler.

C'est sans doute un coup de poker sans fondement, mais je ne peux m'empêcher de dévisager Hart comme un chevalier volant à ma rescousse. J'aimerais me jeter sur lui et le serrer dans mes bras, mais ça finirait de briser mon image professionnelle et, en guise d'excuses, j'aurais droit à un renvoi pur et simple.

Comme je m'y attendais, la crainte de perdre de l'argent persuade Alf. Il se redresse et, cette fois, me regarde dans les yeux.

— Je n'aurais pas dû tirer des conclusions hâtives, Daisy, je suis désolé.

Hart fronce les sourcils et Alf s'empresse d'ajouter :

— Tu fais du très bon travail.

— Oui, sans aucun doute.

Je n'ai pas besoin de l'affirmation de Hart pour le savoir, mais ça m'aide et une vague de fierté m'envahit.

Bien sûr, certains clients me remercient après une mission à succès, mais c'est en général Alf qui s'attire toutes les accolades, parce qu'il fait croire qu'il est le cerveau de l'entreprise.

Un jour, nous nous retrouverons concurrents

dans ce petit monde de la com – et j'ai hâte de me confronter à lui.

— Est-ce que vous avez autre chose à dire, ou puis-je m'entretenir avec ma chargée de relations publiques de l'avancée de notre campagne ? demande Hart en croisant les mains.

Ce geste attire immédiatement mon attention sur son entrejambe et je ne peux m'empêcher de penser aux caresses que je lui ai prodiguées il y a quelques heures.

Le feu me monte aux joues. Hart se détourne d'Alf pour me contempler et je tousse, gênée. Je le vois sourire, comme s'il était parfaitement conscient de la raison de mon trouble.

— Je n'ai pas besoin d'assister à votre réunion avec Daisy.

Alf semble avoir du mal à se relever, tant ses fesses sont coincées sur la chaise.

— J'ai vu ce qu'elle a prévu pour dynamiser l'image de votre île, et ça me semble très prometteur.

C'est plus que prometteur et nous le savons tous, mais j'ai l'habitude de ses déclarations pompeuses. Hart, lui, ne le connaît pas assez bien pour ça…

— Son travail est exceptionnel, dit-il en se levant à son tour, sans doute pour aider Alf à trouver la porte plus vite. Je suis plus que satisfait.

— Bien, bien…

Alf cherche clairement quelque chose à dire, mais il a du mal à dissimuler son embarras.

— Dans ce cas, je vous laisse.

Personne ne parle, le temps qu'il s'éclipse et

referme la porte derrière lui, la tête basse. Ce n'est que lorsqu'il a enfin disparu que je m'accorde le plaisir de toucher le bras de Hart. Si quelqu'un devait entrer à ce moment, mon geste serait sans doute mal interprété…

— Merci, dis-je. Personne n'a jamais pris mon parti pour me défendre, avant.

Il pousse un petit grognement agacé.

— Je déteste les brutes.

Sa véhémence donne du poids à ces quatre mots, à tel point qu'ils semblent encore plus amers.

— Tu parles d'expérience ?

La question m'échappe avant que j'aie pu la retenir et il recule brutalement, chassant ma main, comme si je venais de le frapper au visage.

— J'ai passé onze ans aux mains des services sociaux, tu t'attendais à quoi ?

— Je suis désolée. Je te connais assez bien, maintenant, pour savoir que tu n'aimes pas les questions personnelles, mais je n'ai pas pu m'en empêcher.

Il me dévisage d'un air méfiant.

— Pourquoi ?

— Parce que j'aime les punitions. Ou peut-être parce que je m'intéresse à toi, et pas seulement à ton sexe.

Si ma franchise le surprend, il n'en montre rien. En même temps, il doit en falloir beaucoup pour faire tomber son masque. C'est un maître en matière de camouflage. La seule fois où j'ai cru voir qui il était vraiment, c'était juste après l'amour, pendant ces quelques secondes de vulnérabilité émotionnelle qui lui ont échappé.

Il passe une main lasse sur son visage et se laisse tomber sur une chaise.

— Ce crétin m'a exaspéré, mais je n'aurais pas dû m'énerver contre toi.

— Surtout après toutes mes bontés d'hier soir, dis-je en papillonnant des paupières.

Ouf ! J'arrive à lui arracher un sourire.

— Tu n'as pas été gentille, hier, tu as été méchante.

Il se penche et me mordille l'oreille.

— Très méchante…

— Juste parce que tu l'étais aussi : il fallait que je me hisse à ta hauteur.

Je baisse les yeux sur son pantalon et ajoute dans un murmure :

— En parlant de hauteur…

Il gémit.

— Arrête ! Il va falloir que je ressorte de cette pièce et je ne peux pas le faire avec une érection.

— Une érection imposante, même, dis-je en souriant.

Il se dandine un peu sur son siège.

— C'est le moins qu'on puisse dire. Tu sais que le meilleur moyen de flatter un homme est de le complimenter sur la taille de son sexe ?

— Je dis la vérité, c'est tout. Vous êtes pourvu d'un appendice de taille, monsieur.

Il sourit de nouveau, plus détendu, et le peu de tension qui restait entre nous fond comme neige au soleil. De bel homme, il devient soudain époustouflant de sensualité.

Il n'a toujours pas répondu à ma question personnelle sur les brutes, mais je n'insiste pas. Nous nous entendons bien quand nous nous provoquons comme ça et il serait idiot de gâcher l'ambiance. De toute manière, Hart est passé maître dans l'art de détourner l'attention, comme il me l'a prouvé quand nous avons joué aux questions-réponses cette nuit. Si mes courtes fiançailles avec Casper m'ont bien appris une leçon, c'est qu'il ne faut pas chercher à tout prix à dénicher quelque chose qui n'existe pas.

— J'adorerais poursuivre cette vibrante conversation, mais il faut que je me mette au travail, dis-je en lui montrant mon ordinateur. J'ai une flopée de sites de marketing en ligne à contacter et un certain nombre de magazines de luxe à harceler pour qu'ils m'accordent des encarts publicitaires.

J'entreprends de souligner mon propos en comptant ces tâches en attente sur mes doigts.

— Il faut aussi que je donne mon approbation finale aux photographies prises sur l'île. Après, je vais devoir m'assurer que le nouveau site sera prêt à être mis en ligne à la fin de la semaine. Les interviews filmées que tu as données vont devoir être validées. Et ce n'est que le début.

Il me dévisage comme si j'étais une sorte de magicienne – ce qui est plutôt désarmant.

— Tu es vraiment décidée à me donner une bonne image…

— N'est-ce pas pour ça que tu me paies ? dis-je avant de laisser échapper une moue. Enfin, que tu paies Alf…

— Il faut que tu démissionnes et que tu lances ton propre cabinet.

Je me crispe un instant avant d'obliger mes épaules à se détendre. À l'entendre, quitter mon emploi serait la chose la plus facile au monde ; mais ce qu'il ne sait pas, c'est que ma confiance en moi n'est que du bluff. Je peux séduire des clients grâce à mon talent, mais si c'était plus dur seule ? Si personne ne voulait prendre le risque d'employer une start-up ? Si je finissais par m'écrouler, comme je le fais émotionnellement depuis un an ?

Casper a vraiment réussi son coup. J'ai beau prétendre que tout va bien, j'ai l'impression de ne pas être à la hauteur, dans n'importe quel aspect de ma vie. Faire capoter ma carrière serait la cerise sur le gâteau.

Je ne peux pas quitter mon emploi, pas tant que je ne me sentirai pas plus solide sur mes deux jambes. Et le plus tôt serait le mieux.

— Ce n'est pas si simple, dis-je.

— Si, ça l'est.

Il indique d'un signe de tête la pile de notes que j'ai posées sur la table.

— Tu sais ce que tu fais. Tu es intelligente et motivée. Tu dois te lancer.

Facile d'être aussi confiant quand on est soutenu par les millions Rochester ! Même s'il se plante dans son nouveau rôle, il n'aura pas l'impression d'être un raté.

Mais je ne le dis pas, bien sûr. Je me contente de montrer l'immense fenêtre, de l'autre côté de la salle, qui offre une vue stupéfiante sur les jardins luxuriants de l'hôtel et la marina.

— Merci, je m'en souviendrai. En attendant, j'ai presque terminé ma mission. Il est facile de rendre ce lieu plus attrayant pour les visiteurs : sa beauté se vend d'elle-même.

— Super.

Il détourne les yeux et un silence inconfortable tombe entre nous.

— Quelque chose ne va pas ?

Il prend encore quelques secondes avant de répondre.

— Ce n'est rien. On en parlera une autre fois.

Oh ! oh…

— Tu es satisfait de mon travail, n'est-ce pas ?

— Tout à fait satisfait, acquiesce-t-il avec un sourire un peu crispé. C'est juste une idée qui m'a taraudé en venant ici, mais je préfère que tu te concentres d'abord sur la fin de la campagne. On discutera après.

— Ouf ! dis-je en m'essuyant le front d'un geste théâtral. Ça me convient.

— Dans ce cas, je te laisse travailler.

Au moment où il s'apprête à se lever, je lui effleure la main, juste parce que j'en ai envie.

— Tout va bien entre nous, hein ?

— Oui.

Il jette un coup d'œil autour de lui et par la fenêtre, comme s'il tenait à s'assurer que nous sommes seuls, puis se penche pour m'embrasser.

— Mais tu aurais dû me réveiller, ce matin.

— Pourquoi ? C'était bien plus amusant de te regarder dormir…

Je caresse le dos de sa main avec douceur, passant sur ses tendons, ses articulations et ses longs doigts. C'est un geste très intime, mais il ne s'écarte pas comme je le craignais.

— Tu me regardes dormir ? C'est inquiétant, dit-il en retournant sa main pour que nos paumes se touchent.

— Dans ce cas, tu n'as pas fini de t'inquiéter tant que je resterai sur cette île. Tu es prévenu.

Je ponctue ma plaisanterie d'un petit regard insistant.

Il sourit, mais je vois qu'il n'a pas le cœur à ça. Quelque chose ne va pas. Hélas, avant que je puisse lui poser la moindre question, il serre ma main dans les siennes et se lève.

— Je te retrouve plus tard.

— Tu as intérêt…

En dépit de mes efforts, ma voix s'éteint d'elle-même. Il est déjà à la porte, comme s'il avait hâte de me quitter.

Après ce qui s'est passé cette nuit, je sais que tout va bien entre nous. Nous allons encore nous amuser après les heures de boulot, tant que je serai ici. Quelques jours, maximum. C'est ce qui arrive quand je fais du bon travail : je termine toujours en avance.

Mais Hart cache des dizaines de secrets et il faut encore que j'accepte l'idée qu'il ne me les dévoilera pas.

19.

Hart

Plus tard dans l'après-midi, Daisy m'envoie la maquette finale du site Internet pour que je l'approuve avant la mise en ligne.

Le résultat est phénoménal.

Cette fille est incroyablement douée, comme je l'ai dit à son crétin de patron, et si jamais elle décide de se mettre à son compte, je suis sûr qu'elle réussira. Le nouveau site est clair, pratique, offrant des liens vers les réservations, les villas, le détail des prestations, des attractions et une galerie de photos qui donnerait envie de venir à tous les touristes du monde.

Elle a fait de Gem Island *le* lieu où aller, le complexe a pris des allures de paradis terrestre. Elle a même réussi à donner une image flatteuse de moi, ce qui n'est pas peu dire. Je suis sûr qu'après la mise en ligne et le lancement de la campagne sur les réseaux sociaux, les réservations vont s'envoler pour la première fois depuis la mort de Pa.

Mais en examinant ce splendide site, je suis de

nouveau frappé par la prise de conscience que cet endroit serait parfait pour mon petit projet. C'est une idée radicale, qui ne colle pas avec l'image glamour de l'île. J'en ai parlé une fois à Pa, mais il m'a interrompu avant que j'aie pu lui donner mes arguments.

Je sais pourtant que c'est une bonne idée. Pas d'un point de vue des relations publiques, mais pour ce qu'elle pourrait apporter aux enfants qui souffrent comme j'ai souffert moi-même autrefois. Ce serait mon moyen de partager ma chance.

Je suis fatigué de me heurter sans cesse aux mêmes problèmes. Quelles que soient les villes que je visite, quel que soit l'âge des gamins, ils affrontent tous les mêmes peurs. La crainte d'être ballottés de foyer en foyer, de se heurter à des parents d'adoption, à de nouveaux frères et sœurs, de tout perdre et de se retrouver à la rue. L'angoisse des abus et des brutalités.

J'aurais dû me douter que Daisy insisterait sur ma remarque concernant les personnes violentes. C'est ce qui m'a choqué quand je suis entré dans cette salle de conférences et que j'ai vu son patron lui crier dessus. Quelque chose s'est brisé en moi et m'a catapulté dans le passé. J'avais huit ans et j'arrivais dans ma première famille d'accueil. Un autre enfant, placé comme moi, mais plus âgé, se tenait devant moi et hurlait en pointant son doigt contre mon torse pour m'obliger à me défendre.

Je méprise les brutes.

Heureusement, Daisy a laissé tomber le sujet

quand j'ai parlé de choses plus légères. C'est ce que j'aime, chez elle. Elle est fraîche, amusante et sincère. Et elle va bientôt partir. Je devrais en être soulagé. Ce n'est pas le cas. Je ressens déjà le vide de l'hôtel se refermer sur moi quand elle ne sera plus là. Absurde, puisque je n'ai pas l'intention de m'éterniser sur cette île, moi non plus.

J'ai déjà reçu quelques candidatures au poste de manager, mais aucun postulant n'a assez d'expérience pour gérer un complexe de cette taille. J'aurais voulu confier le poste à Kevin. Hélas, il l'a refusé tout net quand je lui en ai parlé, peu de temps après les funérailles de Pa.

En même temps, ma proposition n'était pas présentée de manière alléchante ; en gros, je lui demandais de prendre la place pour que je n'aie pas à le faire. Cette fois, ce sera différent. Je vais lui faire une offre tentante qu'il ne pourra pas refuser. Je lui organiserai un rendez-vous en prétextant qu'il est en lice avec des candidats très qualifiés. Oui, il ne résistera pas…

Plus vite Kevin endossera ses nouvelles responsabilités, plus vite je pourrai partir. Mais pas avant d'avoir mis mon plan en forme – grâce à Daisy. Pour que mon idée ait un impact positif, il me faut une bonne campagne de communication, et elle est la femme parfaite pour ça.

Mes regards se portent de nouveau sur l'écran. Daisy est un génie. Je lui envoie un e-mail pour le lui dire et lui demander de me retrouver dans une heure. Ça me laissera le temps de tracer les grandes lignes de mon projet, qui concerne les plus anciennes villas, sur l'arrière du domaine.

Quand j'entends frapper à la porte, je jette un coup d'œil à l'heure, dans le coin de l'écran, surpris de voir que les soixante minutes se sont déjà écoulées. Ça m'arrive souvent quand je me passionne pour quelque chose ; et rendre la vie plus facile aux enfants est une idée fixe chez moi.

— Entre ! dis-je.

La porte s'ouvre. Je ne suis pas prêt à ce pincement dans la poitrine. C'est une sensation étrange, une brûlure qui me laisse le souffle court, comme un asthmatique qui se serait gavé de burritos. Ce qui est stupide, parce que ma respiration se porte bien et parce que je déteste la nourriture mexicaine.

Cette pénible chaleur dans mon torse me déplaît encore plus car elle dément toutes mes convictions d'être mort à l'intérieur, de ne rien ressentir. C'est une autre qualité indéniable, chez cette femme extraordinaire : elle me fait *ressentir* des choses. Même si je n'ai aucune envie de l'admettre.

Au début, j'ai cru que c'était simplement du désir. Le désir, c'est bien. C'est facile. Ça finit toujours par s'apaiser et ça me constituera de bons souvenirs quand je serai vieux.

Mais cette brûlure s'intensifie quand Daisy entre dans le bureau et qu'elle sourit. Ses yeux pétillent et sa robe de plage rose clair épouse ses formes délicieuses en lui donnant un air plus insouciant que je le serai jamais.

Oui, cette brûlure doit être du désir. Quoi d'autre ?

— Tu voulais me voir ?

Elle ferme la porte et traverse la pièce avec une légèreté étudiée.

Je voudrais repousser la table, l'attraper et la plaquer contre le mur pour lui faire l'amour. Mais je me contente d'un simple :

— Merci d'être venue.

Je contourne le bureau pour l'inviter à s'asseoir avec moi dans l'un des canapés de cuir qui occupent l'angle opposé.

— Installons-nous.

Son sourire pâlit un peu. Elle me jette des petits coups d'œil par en dessous, comme si elle était soudain nerveuse et inquiète.

— Ne t'en fais pas, je veux parler d'une bonne chose.

— OK.

Elle s'assied et croise les mains sur ses genoux, avec une raideur qui ne correspond pas à cette sensualité débridée qu'elle a quand elle est nue.

— J'ai une idée. Pour l'île.

En général, je n'ai aucun doute quand j'expose mes projets, mais celui-ci me tient tellement à cœur que je répugne à en parler de peur qu'elle me juge ; ou pire, qu'elle voie enfin ce que je suis vraiment.

— Pour la campagne de pub ?

Un petit froncement apparaît entre ses sourcils.

— Mais nous avons déjà tout finalisé. Si on change des choses maintenant, ça nous fera prendre du retard.

— Je pense que ça en vaudra la peine.

Je m'assieds en face d'elle pour guetter ses réactions. De tout temps, je me suis fié à mon instinct, et ça m'a réussi jusque-là.

— Je t'écoute.

Elle se détend un peu, s'appuie contre le dossier.

— Quand je t'ai montré le complexe pour la première fois, tu te souviens des anciennes villas, près du lagon ?

Elle acquiesce.

— Celles que tu veux rénover ?

— Oui.

On tourne autour du pot. Je n'ai pas l'habitude de soumettre mes idées aux autres. Quand je prends une décision, je m'y tiens. Mais dans ce cas, je vais avoir besoin de l'expertise de Daisy.

— Je veux les consacrer à un nouveau programme d'aide aux enfants placés et à leurs familles d'accueil. Je veux qu'ils puissent venir passer ensemble des vacances sur l'île pour se retrouver et se détendre. On organiserait une rotation hebdomadaire avec différentes familles du monde entier qui ont bien besoin de ça. Nous avons huit villas, ce qui fait trente-deux familles bénéficiaires par mois et trois cent quatre-vingt-quatre par an.

Mes mots sortent trop vite.

— La plupart des enfants que j'ai pu voir n'ont jamais quitté la ville où ils habitent, et encore moins connu de vacances. Et c'est la même chose pour les personnes qui s'occupent d'eux. Ces gens ont vraiment besoin de ce genre de programme.

Je scrute son visage à la recherche de la moindre

réaction. Est-ce qu'elle comprend ? Est-ce qu'elle *me* comprend ? Mais elle se contente de cligner des yeux, comme si elle essayait de cacher sa surprise ou de trouver une réponse qui me plaise.

Ma gorge se noue et je soupire, prenant conscience pour la première fois que je retenais mon souffle jusque-là. Son manque d'enthousiasme en dit long. Sa première réaction instinctive est que mon idée est mauvaise.

La déception m'envahit. Je pensais qu'elle saurait voir au-delà de mon apparence un peu brusque pour découvrir qui je suis vraiment, bien que j'aie essayé de lui cacher cette vérité un certain nombre de fois depuis notre rencontre.

Je ne peux pas lui en vouloir. Au fond, c'est ce que je souhaitais : la tenir à distance, ne pas trop me dévoiler. Ce qui se passe maintenant est ma faute. Alors, pourquoi ai-je l'impression que sa froideur est un coup de couteau en plein cœur ?

— Je pense que c'est une idée fabuleuse, déclare-t-elle soudain d'une voix prudente, comme si elle choisissait ses mots avec soin.

De nouveau, la déception monte en moi.

— Mais ?

— Mais le lancement de la campagne est prêt et ce projet le retarderait. C'est ce que tu veux ?

Pourquoi doit-elle rester si logique ? Elle a raison. Je flotte sur une montée d'adrénaline, pressé par mon idée de fondation caritative, mais je ne peux pas détourner tous les efforts que nous avons déployés pour rendre l'hôtel plus rentable. Pas après notre travail acharné de ces derniers jours.

— Est-ce qu'on ne pourrait pas incorporer ce programme d'aide dans la nouvelle campagne ?

Elle secoue la tête, fronçant davantage les sourcils.

— Je doute que ce soit une bonne idée.

— Pourquoi ?

— Parce que la campagne que nous avons conçue se concentre sur le côté glamour de Gem Island, une destination de luxe pour voyageurs exigeants. On ne peut pas ternir ce message par la mention d'un problème social.

Un problème social. À l'entendre, aider les enfants placés reviendrait à offrir au diable en personne des vacances gratuites sur l'île.

Soudain, ses yeux s'illuminent et elle claque des doigts.

— À moins qu'on se serve des portraits qu'on a pris de toi, ceux que tu as validés. Ça nous permettrait de poser un visage sur ce programme de vacances pour les enf…

— Non, dis-je fermement. Hors de question !

Je ne veux pas devenir l'égérie de ce projet. Ce n'est pas pour la reconnaissance que je fais ça. Je veux rester discrètement en coulisses, comme d'habitude, pour que l'attention du public ne dévie pas du sujet principal : les enfants.

Elle fronce un peu le nez, comme chaque fois qu'elle désapprouve quelque chose.

— Cela nous assurerait pourtant un certain succès. Le programme de vacances pour enfants placés pourrait venir s'ajouter à ce que nous avons déjà accompli. Ce serait un pan secondaire de la campagne, mais ça ne marchera que si tu es la personne publique qui joint les deux idées en un tout cohérent…

— Qu'est-ce que tu ne comprends pas dans le mot « non » ?

Je serre les poings et dois prendre une profonde inspiration pour dominer ma colère. Je dois être en train de perdre la tête. Il y a quelques minutes, j'étais déçu qu'elle n'apprécie pas mon idée ; et maintenant, je suis furieux parce que son enthousiasme défie le bon sens.

Ses joues rougissent, mais pas d'excitation. Elle pince les lèvres d'un air renfrogné.

— Ton idée m'a prise par surprise et je ne voyais pas comment ce projet pouvait s'articuler avec la campagne actuelle, mais si l'on introduit les modifications que je te propose, ça peut devenir quelque chose d'extra. Tu m'as engagée pour m'occuper des relations publiques pour tout ce qui concerne Gem Island et nous avons très bien travaillé ensemble jusqu'à présent. Pourquoi est-ce que tu refuses d'admettre que cela pourrait être bien de booster la campagne en y ajoutant ton image ?

Je serre les dents, résistant au besoin soudain de lui avouer toute la vérité.

— Parce que tout le monde se moque de qui je suis. Ces gamins ne s'identifient pas à moi. Ils vont me voir comme un riche qui jette son argent par les fenêtres pour obtenir des réductions d'impôts. Ils ne comprendront pas. Personne ne comprendra…

J'en ai trop dit, bien sûr, et comme je m'y attendais, elle me dévisage avec pitié. J'ai horreur de ça.

— Je veux que tu lances une campagne distincte pour les villas du programme. C'est tout.

Elle prend un air offensé.

— Jusqu'à présent, tu as fait confiance à mes talents. Pourquoi est-ce que tu ne m'écoutes plus, tout d'un coup ?

— Ce n'est pas une affaire de confiance, mais de business. Tu l'as dit toi-même. La campagne est prête à être lancée. J'ai commis une erreur en voulant faire passer mon idée devant le reste. Je ne veux pas ternir l'image que tu as créée pour cette île. On attendra un peu pour le reste.

— *Ternir l'image ?* imite-t-elle, le regard flambant de colère. Est-ce que tu t'entends ? On dirait un crétin bourré de préjugés !

Elle se gonfle comme l'un de ces poissons venimeux contre lesquels Pa m'a mis en garde.

— Ton idée est brillante et j'aurais aimé l'avoir eue moi-même, reprend-elle avec fièvre. Tu ne vois pas que je veux t'aider à la réaliser et que nous pouvons le faire tout de suite si tu acceptes de m'écouter ?

— Tu viens de me traiter de crétin ?

— Non, j'ai juste dit que tu en avais l'air.

Ce n'est pas bon, mais nous sommes tous les deux en colère, et trop tendus pour reculer.

— Pourquoi es-tu aussi entêté ? Pourquoi es-tu

incapable de reconnaître que je suis l'experte en relations publiques et que tu devrais prendre mon avis en compte ?

— Je le ferais, si c'était un avis valable.

J'ai hurlé, tout en me maudissant de perdre à ce point le contrôle.

J'ai appris à maîtriser mes accès de colère quand Pa m'a pris sous son aile, comprenant bien vite qu'il ne supporterait pas longtemps mes sautes d'humeur et qu'il ne me laisserait jamais seul, quels que soient les efforts que je pourrais faire pour le repousser. Laisser les gens voir nos faiblesses n'apporte jamais rien de bon. Mais Daisy m'a poussé trop loin dans mes retranchements et je ne peux plus m'arrêter.

— Je n'arrive pas à croire que tu sois aussi butée et que tu refuses d'entendre raison…

— Nous en reparlerons quand tu te seras calmé.

Elle se lève et me lance un dernier regard glacial avant de quitter la pièce.

Pour qui se prend-elle ? De quel droit me traite-t-elle comme un gamin capricieux ?

— Tu n'as pas intérêt à t'en aller comme ç…

Elle claque la porte sans un regard en arrière.

20.

Daisy

Je fulmine. Je suis tellement en colère que je tremble de tous mes membres. Ma tête tourne comme si je venais de descendre d'un de ces manèges à grand frisson de fête foraine et je chancelle à chaque pas. Je parviens à peine à atteindre le jardin avant de m'écrouler sur un banc, les yeux levés au ciel pour ravaler les larmes qui menacent de déborder.

Je ne pleurerai pas. Pas pour lui.

Le pire, c'est que je trouve son idée d'aide aux enfants placés formidable : l'acte altruiste d'un homme qui veut faire ce qu'il peut pour ceux qui ont eu moins de chance que lui. Mais il a tort de ne pas vouloir être le visage de la campagne. Je pourrais lui énoncer mille raisons pour lui prouver que ma proposition est idéale, seulement il refuse de me laisser parler. Il a perdu son calme et il a eu l'air de considérer mon point de vue comme un affront personnel sous prétexte qu'il est différent du sien. C'est bien ce qui m'a le plus exaspérée. Dans son obstination à rester sourd à tout ce que je pouvais dire, il m'a rappelé Casper et toutes ces fois où je me suis sentie profondément impuissante ; comme si mon avis n'avait aucune importance ou comme si ma volonté n'entrait pas en ligne de compte.

Ce même manque de confiance résiduel me pousse à rester accrochée à Alf au lieu de prendre le risque de lancer mon propre cabinet de relations publiques. Les cruels calculs de Casper pour me lier à lui ont porté leurs fruits, d'une certaine manière : je me sens faible et vulnérable, même quand je sais que j'ai raison. Et je me déteste pour ça. Alors, quand Hart a commencé à ignorer à son tour mon opinion en la jugeant stupide, j'ai compris que je devais décamper.

Quelque chose continue pourtant à me travailler… *Un affront personnel…*

Bien sûr ! Quelle idiote j'ai été ! Bien sûr que ce sujet est très personnel pour lui. Il a été l'un de ces enfants privés de vacances et qui rêvent de partir sur une île tropicale. Pour des gosses comme lui, s'envoler vers Gem Island ou vers la Lune est du pareil au même : un fantasme inaccessible.

Ce projet est sans doute la chose la plus personnelle dans laquelle il se soit engagé et c'est précisément pour ça qu'il ne veut pas utiliser son image pour en faire la promotion.

Étouffant un grognement frustré, je me redresse et essuie le coin de mes yeux. Quelques profondes inspirations m'aident à renforcer ma volonté. Il va falloir que je me montre prudente en rentrant dans son bureau. Pas le choix, nous devons résoudre la crise dès maintenant. Et vu que le sujet est clairement sensible pour lui, il me faudra avancer des arguments rationnels et objectifs pour lui faire accepter mon point de vue.

Je me lève et me secoue un peu. Mes jambes me portent plus facilement sur le chemin des bureaux. Heureusement pour moi, il n'y a personne dans les environs. J'aurais été morte de honte si on m'avait surprise en pleine crise, claquant la porte pour revenir en rampant trois minutes plus tard.

Je frappe mais n'attends pas la réponse pour entrer. Pourquoi lui donner une chance de me renvoyer avec mes excuses sous le bras ?

Il est assis à l'endroit exact où je l'ai laissé, sur le canapé. Mais il tient sa tête dans ses mains et ses épaules sont voûtées. Il est brisé.

Par ma faute.

J'ai mis cet homme puissant et autoritaire à genoux.

Cette prise de conscience me retourne l'estomac.

Il garde le silence tandis que je referme la porte pour m'approcher de lui sur la pointe des pieds. Tout en traversant la pièce, je tente désespérément de trouver les mots qui sauront briser la glace sans envenimer la situation.

Je m'assieds près de lui et il se redresse comme un ressort, se lève et s'éloigne pour se caler contre le bord de son bureau. Il croise les bras en une posture défensive. Je vais avoir du pain sur la planche si je veux dénouer ce drame.

— Je n'aurais pas dû partir comme ça, je suis désolée, dis-je.

— Et je n'aurais pas dû crier.

Le ton est si froid que je suis parcourue d'un frisson.

— Nous en reparlerons plus tard…

— Non, il faut régler le problème maintenant.

Je fais de mon mieux pour paraître calme et rationnelle, mais ma voix tremblante sabote cette autorité factice. Pourtant, je connais le monde de la com. Pas lui. Il faut à tout prix lui faire entendre raison.

— Tu m'as embauchée pour une mission et je t'ai donné pleine satisfaction jusqu'à présent. Mieux vaudrait donc que tu m'écoutes. Je t'assure que tu serais parfait pour donner un visage à ce programme de vacances pour enfants placés. Je *sais* que c'est la chose à faire.

— Tu ne le *sais* pas. C'est ton opinion.

— Bien sûr que c'est mon opinion, bon sang !

En voyant son sourire amer, je regrette d'avoir perdu mon sang-froid. Je lui livre exactement ce à quoi il s'attendait.

— Écoute, tu en penseras ce que tu veux, mais je comprends ton inquiétude. Tu es riche à présent et tu crains que ces gamins n'arrivent plus à s'identifier à toi. Mais tu as été l'un d'eux autrefois, et si nous jouons sur ce terrain tout en montrant ce merveilleux complexe hôtelier au public, je suis sûre que…

— Merci de formuler des évidences : j'ai été l'un de ces enfants.

Il applaudit avec une lenteur étudiée et je sens monter en moi une envie irrépressible de le gifler pour faire disparaître ce mépris de son visage.

— Hart, sois raisonnable…

— Non, c'est à toi de m'écouter, lâche-t-il en me lançant un regard furieux. Je ne te demande pas de m'effacer complètement de la campagne. Lance le plan de com que nous avons mis en place et contente-toi d'y ajouter quelques infos sur le programme de vacances des enfants.

— Et si je refuse ?

C'est un bluff stupide et je m'en rends compte à l'instant même où je prononce ces mots. Je suis une idiote. Je ne peux pas me permettre de saboter cette campagne avant même sa mise en œuvre. Ça m'obligerait à supporter Alf jusqu'à ce qu'un autre projet assez important atterrisse sur mon bureau – ce qui pourrait prendre une éternité… J'ai encore une maigre chance de sauver les meubles, mais il faut agir vite.

Face à moi, Hart hausse les épaules.

— Si tu refuses, la porte est là. Je ne te retiens pas.

Sa nonchalance m'exaspère. Il est prêt à me remplacer sans la moindre hésitation. Je ne suis pas prétentieuse, mais je travaille dans le marketing depuis assez longtemps pour savoir que tout le monde n'a pas le même talent que moi. Casper n'a peut-être pas sapé toute la confiance que j'ai en moi, mais je ne laisserai pas Hart finir le travail.

— Tu as toujours recours à la menace pour obtenir ce que tu veux ?

Il détourne les yeux.

— Je suis le client, c'est moi qui ai le dernier mot. Je croyais que tu le savais.

— Bien sûr !

Un soupir m'échappe. Je ne peux pas le combattre. J'ai déjà trop travaillé pour cette campagne. Mais son comportement me déçoit trop. Au fond, il est comme Casper : exigeant et autoritaire, convaincu que je finirai toujours par céder.

Mon cœur se serre à l'idée que j'aie pu, une fois encore, faire confiance à un homme qui ne le mérite pas. Je me lève.

— Comme tu voudras…

— Inutile d'avoir l'air si déprimé, tempère-t-il avec un petit sourire que je ne lui rends pas.

J'ai mal – même si je dois rester de glace. J'ai commis la pire des erreurs, celle de développer des sentiments pour un simple flirt.

À quel moment ce mélange de sexe et de travail est-il devenu autre chose ?

Tous mes muscles se crispent, se préparant à la fuite. Il faut que je quitte ce bureau avant de dire quelque chose que je pourrais regretter.

— Qu'est-ce qui ne va pas, Daisy ?

Il s'approche et se campe devant moi, si près que je pourrais le toucher en tendant le bras.

— Et ne réponds pas « rien », ajoute-t-il.

Je pince les lèvres pour ne pas lui avouer ce que je ressens, ni la profondeur de la blessure qu'il a ouverte par son dénigrement facile.

À ma grande surprise, il éclate de rire.

— Ma chère Daisy, ce petit jeu du silence ne marchera pas avec moi : c'est moi qui l'ai inventé ! Quand un de mes parents d'accueil me provoquait ou quand un gamin me brutalisait, je gardais toute ma colère en moi.

Il secoue la tête.

— Bien sûr, je finissais par exploser tôt ou tard, juste pour m'affirmer, mais j'ai vite compris que la rage silencieuse marchait mieux que les coups.

Il essaie de repousser une mèche de cheveux derrière mon oreille, mais je chasse vivement sa main.

— Ne te fais pas d'illusions, reprend-il. Je peux tenir plus longtemps que toi sans rien dire. Je suis très obstiné pour ces choses-là.

Quelle ordure ! Il sait jouer de mes cordes sensibles ; en l'occurrence, mon envie d'en savoir plus sur lui.

— Combien de familles d'accueil as-tu eues ?

Je m'attends à ce qu'il refuse de répondre, ou à ce qu'il détourne la conversation comme à son habitude. Mais il affronte ma curiosité sans baisser les yeux.

— Trois, dit-il. Quand mon père m'a abandonné aux services sociaux, j'avais six ans. La première maison où on m'a envoyé était un enfer. Les parents prenaient des enfants pour l'argent ; ça a été une expérience brutale. Il y avait deux gosses plus âgés que moi qui avaient déjà connu trop de maisons différentes. J'ai détesté ça…

Ma gorge se noue à l'idée que cet homme extraordinaire a été abandonné si jeune par son père.

Néanmoins, je ne dis rien. Après m'en avoir tellement dit, il y a toutes les chances qu'il se mure de nouveau dans le silence. Mais, une fois de plus, il me surprend.

— Je suis resté dans cette famille jusqu'à mes dix ans, puis on m'a envoyé ailleurs. C'était une famille de trois enfants et les parents étaient plus gentils, mais…

Il s'interrompt un instant et je l'encourage à poursuivre avec douceur :

— Mais ?

— Mais il était déjà trop tard pour moi. Je m'étais trop endurci, j'étais devenu trop méfiant, trop coupé du monde.

Une veine palpite sur sa tempe et il serre un instant les dents.

— C'étaient des gens bien, seulement ils n'ont pas toléré ma mauvaise attitude. On a donc fini par m'envoyer dans un troisième foyer, à Melbourne : une très gentille famille qui a presque réussi à percer ma carapace. J'ai vécu là pendant quelques années avant que Pa n'apprenne mon existence.

Il hausse les épaules, comme si toutes ces épreuves n'avaient que peu d'importance désormais.

— Tu connais la suite.

En fait, non. Je ne sais pas pourquoi il se torture

en acceptant un travail qu'il déteste clairement. Je ne sais pas non plus pourquoi il tient tant à garder le secret sur ses œuvres caritatives. Et je sais encore moins pourquoi j'ai tant de sentiments pour cet homme blessé !

— Et toi ? Laisse-moi deviner : les Adler sont une belle et heureuse famille, à côté de ça ?

Il a l'air un peu amer, mais aussi curieux. À croire qu'il se soucie vraiment de moi… Mais je dois me faire des idées.

— Oui, j'imagine que j'ai eu de la chance. Mes parents s'aiment encore à la folie. Mes deux petites sœurs sont heureuses en couple depuis des années, mais moi…

Je me fais des cornes de diable avec une grimace.

— Moi, je suis devenue le vilain petit canard quand j'ai rompu mes fiançailles !

Il me prend la main. Je le laisse faire. Sa paume est chaude et réconfortante. Je suis toujours aussi troublée à l'idée d'avoir dépassé le simple stade du sexe pour m'attacher sincèrement à Hart, mais la fermeté de ses doigts me ramène sur terre. J'aime tellement qu'il me touche !

— Tu as le droit de changer d'avis quand une relation est mauvaise pour toi. Parfois, il ne nous reste que la force de nos convictions…

C'est un constat si simple, et pourtant si efficace : d'un seul coup, mon point de vue sur la vie se transforme.

Il a raison.

Pourquoi ai-je eu besoin de tout ce temps pour comprendre ça ?

Et pourquoi ai-je besoin que ce soit lui qui me le dise pour parvenir enfin à en être convaincue ?

— Merci.

Je lève les yeux et libère ma main pour lui caresser la joue.

— Pour quoi ? demande-t-il.

— Tu m'as dit ce que j'avais besoin d'entendre.

Nos regards se croisent et je comprends soudain qu'il le ressent aussi. *Ça.* Quoi que ce soit.

Ça dépasse de loin le sexe, les flirts de vacances ou le travail.

C'est une sensation ténue et furtive, palpable néanmoins et qui nous lie alors que nous n'en avons pas envie, ni l'un ni l'autre.

— Hart…

Je cherche les mots pour lui faire comprendre que nous ne sommes plus de simples amants de passage, mais il ne me laisse pas le temps de parler. Il plaque ses lèvres contre les miennes avec force.

Je serais sans doute tombée s'il ne m'avait pas attirée contre lui, me plaquant entre ses cuisses. Je lui en veux de me faire taire de cette façon, ou de sa lâcheté face à l'évidence, mais je ne me débats qu'en apparence. Parce que, à l'instant même où ses lèvres rencontrent les miennes, je fonds. Un raz-de-marée de passion m'emporte et je ne cherche même plus à faire surface.

J'entrouvre les lèvres pour faire semblant de

protester et il prend ça pour une invitation tacite à glisser sa langue dans ma bouche. Je lui réponds avec un grognement résigné. Alors que nos langues s'unissent, il glisse une main sous ma jupe.

Il tire sur mon string, jouant avec l'élastique avant de le déchirer complètement. Je suis tellement mouillée, plus excitée que jamais par sa manière de prendre le contrôle que j'aurais été prête à m'allonger sur le bureau et à ouvrir les jambes pour lui sans poser la moindre question.

Il s'arrache à mes lèvres et me dévisage comme si j'étais un gâteau au chocolat mortel, une tarte au citron meringuée et un pudding aux dattes gorgé de sucre – tout ça à la fois.

— Retourne-toi.

J'obéis en ravalant un gémissement.

— Appuie-toi sur le bureau.

Je le fais et sens ses mains qui retroussent ma jupe pour mettre mes fesses à nu.

Puis j'entends le zip de sa braguette, suivi du froissement d'un emballage de préservatif. Il prend beaucoup trop de temps et je m'agite pour l'inviter à s'occuper de moi. Soudain, je sens son sexe, ferme et chaud, contre le mien.

Il mordille ma nuque, joueur, avant de me lécher le cou avec une sensualité qui me fait frémir. Sa main glisse devant moi et je sens en un éclair ses doigts sur mon clitoris.

Ça ne va pas être doux. Nous voulons tous les deux soulager cette tension entre nous. Ce sera peut-être plus facile comme ça : lui montrer les choses plutôt que les dire, communiquer grâce à nos corps, dans ce langage que nous connaissons déjà. Et nous répéter que nous sommes faits pour aller ensemble.

Tout en caressant mon clitoris, il me pénètre et je pousse un petit cri. À chaque fois, il m'emplit à la perfection, me donne envie de davantage.

Il se retire. Je recule instinctivement les hanches pour le sentir de nouveau en moi. Il comprend et me pénètre une seconde fois, si fort que je bascule un peu en avant.

J'appuie les avant-bras sur le bureau sous ses coups de reins et les mouvements effrénés de ses doigts. C'est si sauvage, si dévergondé... Ça dépasse tout ce que j'ai pu vivre auparavant.

Je jette un coup d'œil par-dessus mon épaule. Son regard est vide et ses lèvres restent entrouvertes tandis qu'il contemple ses propres mouvements et mes fesses.

Je me hisse alors sur la pointe des pieds, consciente que ça accentuera nos sensations, et il perd le contrôle. Comme un homme possédé, il accélère le rythme. L'orgasme monte en moi, me libère de mes dernières inhibitions, et je me laisse enfin aller. Sans penser à quoi que ce soit, je ne suis plus que sensations.

Mon cri de plaisir se mêle à son rugissement et je laisse ma tête tomber en avant, sans me soucier de l'entendre heurter la table. Les vagues de jouissance me traversent encore et je m'y accroche. L'heure de parler sérieusement arrivera bien assez tôt. Finalement, Hart me redresse avec douceur et me serre dans ses bras. Je le laisse faire.

Pour le moment, ça me suffit.

21.

Hart

Je ne suis pas fier de ce qui s'est passé dans mon bureau il y a trois heures.

Je suis un crétin.

Je continue à répéter encore et toujours les mêmes erreurs. J'ai toujours géré mes problèmes relationnels de la même manière : pas en couchant avec la première femme sexy que je croise, mais en détournant l'attention. Et, dans le cas de Daisy, après avoir dévoilé trop de détails sur moi, j'ai eu recours au sexe pour détourner son attention.

Nous avons partagé trop de confidences et, l'instant d'après, je n'ai pas trouvé mieux pour la faire taire que la coucher sur mon bureau et lui faire l'amour.

Jamais je ne pourrai travailler de nouveau dans cette pièce sans être hanté par ce souvenir.

— Merde…

Je passe une main sur mon front, comme si ça pouvait effacer ces images.

Elle était si sensuelle, étendue sur cette table, les

fesses à l'air ! Le simple fait d'y penser me donne une érection – mais je ne peux pas laisser ces pensées me contrôler. Pas cette fois.

Nous n'avons rien résolu. Rien de ce qui compte vraiment. Pour le travail, tout est réglé, évidemment. Elle a accepté de se plier à mes exigences. Mais quand nous avons parlé du reste… J'ai senti les choses changer entre nous, je l'ai vu dans ses yeux et je l'ai senti jusqu'au fond de mon cœur glacé.

Je suis en train de perdre le contrôle et elle m'accompagne dans ma noyade.

Elle m'a quitté il y a quelques instants pour remettre de l'ordre dans sa tenue et je me cache derrière mon bureau depuis. Lâchement, je lui envoie un texto pour lui dire que je vais devoir travailler tout le reste de la journée. Elle me répond d'un simple « OK », alors que nous savons tous les deux que les choses ne vont pas bien du tout.

Il faut qu'on parle. Et je ne veux pas. C'était bien le but de ces escapades sexuelles : m'assurer qu'elle ne me poserait pas toutes ces questions difficiles auxquelles je ne veux pas penser, et encore moins répondre. M'assurer aussi que ma grande bouche reste fermée pour éviter de lui faire d'autres aveux embarrassants.

Je me concentre sur les propositions que j'ai rédigées à l'écran. J'ai compilé quelques chiffres et contacté les organismes concernés pour leur communiquer une offre claire et lisible.

Ce programme d'aide pour les enfants va être parfait.

Imaginer la joie de ces gamins en difficulté la première fois qu'ils poseront le pied sur l'île me fait monter les larmes aux yeux. Non, c'est sans doute parce que j'ai passé trop de temps devant mon ordinateur.

Je cligne plusieurs fois des paupières et prends deux grandes inspirations. Ça va mieux. Mais, alors que je me tourne de nouveau vers mon écran qui affiche des portraits d'enfants en attente de familles d'accueil sur le site de l'une des plus importantes structures d'Australie, je replonge dans mon passé.

— *Nous partons, m'annonce ma mère d'accueil en emballant dans un panier du pain, du beurre de cacahuètes, des gâteaux au chocolat et de petites bouteilles de limonade.*

Des gourmandises auxquelles nous n'avons jamais eu droit jusqu'à présent.

Deni est une bonne mère, comparée à la première femme chez qui j'ai vécu, mais elle a toujours préféré ses trois enfants biologiques : des jumelles au nez sale, plus âgées que moi d'un an, et un fils de deux ans de plus qu'elles. Je n'ai jamais compris pourquoi elle m'a pris chez elle, trois ans plus tôt. Introduire un garçon de dix ans dans une famille qui a déjà du mal à joindre les deux bouts me paraît stupide. Sans doute l'a-t-elle fait pour les aides gouvernementales.

— *Où allons-nous ?*

Elle me dévisage d'un air incrédule, comme si elle ne comprenait pas pourquoi je lui pose une question aussi stupide.

— *Nous allons à Coffs Harbour. Mais toi, tu restes là.*

Mon estomac se noue et la pomme pourrie que j'ai eue au déjeuner menace de ressortir sans prévenir. Elle emmène ses chers enfants en vacances et me laisse derrière. Cela ne devrait pas me surprendre. Ce n'est qu'une déception de plus à ajouter à une liste déjà longue. Mais, pour une fois, j'ai cru être le bienvenu dans une famille. Je pensais même qu'on pouvait m'aimer.

— Ma sœur a loué une maison pour nous à Cairns. Je ne l'ai pas vue depuis une éternité et malheureusement, il n'y a de la place que pour nous quatre.

— C'est pas grave, dis-je, la voix un peu éraillée.

Je commence à muer à cette époque – trop tôt. Ça n'a rien à voir avec la tristesse qui pousse ses gémissements au fond de moi.

— Je pourrai me débrouiller tout seul.

— Non, tu ne pourras pas.

Son regard fuyant me laisse supposer que, si les voir partir en vacances sans moi ne me fait pas plaisir, je vais encore moins aimer la suite.

— Tu ne peux pas rester seul. Tu vas être envoyé ailleurs.

Ailleurs…

Je sais ce que ça veut dire. Je vais retourner dans un foyer du gouvernement en attendant qu'on me trouve une nouvelle famille, avec une nouvelle mère dépassée par de nouveaux problèmes.

Je jette un coup d'œil aux brochures en papier glacé sur un coin du bureau, au fond de la cuisine. Elle a clairement fait des recherches sur Coffs Harbour et les images qui s'étalent sous mes yeux montrent des palmiers, des étendues de sable blanc et un océan trop bleu pour être crédible.

Jamais je ne suis parti en vacances et j'ai soudain tellement envie de les accompagner que j'en ai mal – comme la fois où j'ai attrapé la grippe.

— Tu es un bon garçon, Hart. Tu t'en sortiras, m'assure-t-elle en se détournant pour achever de remplir son panier.

— Non ! Je ne suis pas bon !

J'ai hurlé et j'ai renversé le panier de pique-nique sur le sol.

— Je suis mauvais et c'est pour ça que tu me renvoies !

Je piétine le pain jusqu'à ce qu'il ne soit plus qu'une masse de mie aplatie. Elle me regarde faire avec de la pitié dans les yeux.

— Je te déteste !

Je m'élance vers la porte de derrière et la claque si fort dans mon dos que le panneau de verre de la fenêtre percée juste à côté se fend. Je ne ralentis qu'en atteignant mon sanctuaire, un abri à vélos dans le coin le plus éloigné du stupide collège où je viens d'entrer. Une fois dedans, seul, je m'écroule et fonds en larmes…

Je cligne de nouveau des paupières et passe une main sur mon visage, surpris de trouver mes joues humides. J'ai fait la paix avec mon passé il y a longtemps et je suis allé de l'avant. Mais parfois, au moment où je m'y attends le moins, des souvenirs resurgissent.

Quand Pa m'a retrouvé, il a voulu réparer le temps perdu… J'ai fait semblant de ne pas m'intéresser aux voyages, mais il m'a emmené à Hong Kong, à Tokyo, à Mumbai pendant la première année ; puis à Londres, Dubaï et Paris l'année suivante. Même si je faisais de mon mieux pour afficher un air blasé, je mémorisais tous les détails de chaque nouvelle ville. Et, quand j'ai été incapable de dissimuler ma curiosité plus longtemps, il m'a montré d'autres choses encore.

Plus j'apprenais à lui faire confiance, plus j'acceptais de découvrir son univers, petit à petit. Après l'école, il m'a paru tout naturel de marcher dans ses pas. C'est lui qui a eu l'idée de m'envoyer étudier le commerce, tout comme de me trouver un travail à mi-temps dans son principal hôtel de Brisbane. J'ai tout fait, depuis l'accueil jusqu'au poste de voiturier, pour me familiariser avec le fonctionnement général de l'établissement.

Quand j'ai effectué un stage dans les bureaux de la direction pour finaliser mon diplôme, Pa était le plus heureux des hommes. Ça rendait ma tâche encore plus difficile, parce que je savais que je ne serais jamais celui qu'il voulait voir en moi. Rester coincé derrière un bureau, à donner des ordres et à déléguer les tâches ingrates, ce n'était pas pour moi. J'aurais détesté ça.

Je savais donc ce qu'il me restait à faire. Travailler en coulisses, aider des enfants comme moi à atteindre tout leur potentiel en dépit des épreuves qu'ils devaient affronter. Mais je me suis obstiné dans l'entreprise familiale jusqu'à ce que Pa, sentant ma détresse, exige que je lui parle à cœur ouvert. Je lui ai alors dit la vérité – je lui devais bien ça. Et le pire, c'est qu'il a compris. Il a inventé le poste de contrôleur qualité hôtelier pour me permettre de voyager sans tourner le dos au nom de Rochester et à tout ce qu'il impliquait. Il m'a donné sa bénédiction et m'a laissé suivre mes rêves.

— Bon sang !

Je frappe le bureau du poing et le contenu du pot à crayons se renverse par terre. À côté se trouve une photo encadrée de Pa et moi, prise pendant ma première visite à Gem Island. Je suis un ado dégingandé de seize ans, intimidé et boudeur, tandis que Pa passe un bras autour de mes épaules avec un sourire très fier.

Jamais je ne comprendrai comment il a pu m'accepter si facilement, m'accueillir sans hésiter dans sa vie et dans son cœur.

C'est bien pour ça que ce nouveau projet de programme de vacances compte tant pour moi. Je veux offrir à ces enfants l'expérience fascinante que j'ai vécue moi-même en atterrissant dans ce paradis.

Je veux qu'ils se sentent les bienvenus, désirés et aimés, au moins pendant une semaine de leur vie. Je veux qu'ils puissent se raccrocher longtemps à ce bon souvenir dans les moments où les choses deviendront trop dures pour eux.

J'ignore les stylos qui roulent par terre et me concentre sur l'écran.

Il est hors de question que je sois le visage de cette campagne. Je veux juste que Daisy m'aide à lancer le programme.

Après ça, notre liaison prendra fin.

C'est simple.

En tout cas, ça devrait l'être. Alors, pourquoi est-ce que la perspective de ne plus jamais la revoir me donne envie de donner des coups de poing dans les murs ?

22.

Daisy

Je suis lâche. Faible. Je n'aurais jamais dû laisser Hart me prendre comme ça dans son bureau, hier. Mais à l'instant où il m'a embrassée, toutes mes questions se sont évaporées. Je ne peux rien y faire, dès que je vois cette excitation dans son regard, je craque et j'accepte tout.

Faire l'amour sur son bureau a été d'une sensualité absolue, et nos émotions à fleur de peau n'ont fait qu'aggraver notre fièvre à tous les deux.

Il ne faut pas qu'une chose pareille se reproduise.

Je me suis déjà laissé distraire une fois quand l'homme que je croyais aimer s'est servi de cette affection que j'éprouvais pour lui en vue de me contrôler. Lentement mais sûrement, il m'a dépouillée de tout ce qui faisait ma personnalité. Casper a influencé mes opinions, mes goûts et les objectifs que j'avais en me faisant croire qu'en fait, j'étais en train de suivre mon instinct. Cette maîtrise subtile m'a détournée des choses que je trouvais vraiment importantes. Et hier, avec Hart, il s'est passé exactement la même chose.

J'ai horreur de comparer ces deux hommes, mais Hart aussi est exigeant. Lui aussi s'est permis d'ignorer mes idées comme si elles n'avaient aucune valeur. Je commençais à peine à prendre les rênes quand il s'est mis à évoquer son passé, me catapultant dans un tourbillon d'émotions que j'avais soigneusement évitées depuis le début de notre aventure.

Je voulais le mettre au pied du mur et le pousser à admettre que notre attirance mutuelle dépassait le simple désir, mais il a détourné mon attention de la manière la plus excitante qui soit…

C'était peut-être une phénoménale expérience sexuelle, mais ça m'a distraite de mon but : voir jusqu'où il était prêt à aller avant d'admettre que nous avons dépassé le stade du flirt.

Je me déteste de m'être une fois de plus laissé entraîner dans ce vieux schéma, d'avoir de nouveau été aveuglée par mes sentiments pour un homme. Ça ne présage rien de bon pour moi et je lui en veux de m'avoir poussée trop loin.

Nous n'avons presque pas parlé après. J'ai dû prendre un appel d'Alf, j'ai prétendu avoir du travail et je me suis éclipsée. Il m'a envoyé un texto une demi-heure plus tard me disant qu'il avait des vidéoconférences planifiées pour le reste de la journée.

Et il ne m'a pas rappelée depuis.

Non pas que je me sois attendue à un signe de

sa part, mais… Si, en fait. J'espérais avoir de ses nouvelles hier soir. J'ai même passé la moitié de la nuit à guetter les bruits à la porte de ma villa, avant de sombrer enfin dans un sommeil agité.

La chose la plus raisonnable à faire aurait été de le contacter – un texto froid, un appel, un passage par son bureau. Au lieu de ça, j'ai passé la journée noyée dans le travail, à peaufiner les ajustements qu'il a exigés sur la campagne de Gem Island, afin que notre communication soit prête. Je ne suis pas passionnée à l'idée de devoir monter un dossier concernant son programme d'aide aux enfants sans afficher son image au premier plan, mais, en dépit des circonstances, je suis assez satisfaite du résultat. C'est le meilleur travail que j'aie jamais réalisé.

Je suis sur le point de lui envoyer tous les documents par e-mail pour obtenir son feu vert quand Alf m'adresse une série d'e-mails pour un nouveau dossier, sans prévenir. Il me punit, parce que Hart l'a traité comme un subordonné à cause de moi. Il m'a transmis les demandes de cinq nouveaux clients potentiels, me demandant de répondre à leurs questions. À ça, s'ajoutent les touches finales de la campagne de Hart.

J'ai rédigé ma lettre de démission après son quatrième e-mail du matin, rempli d'exigences encore plus excessives que d'habitude. Elle est prête à partir, dès que j'aurai trouvé le courage de l'envoyer.

Mais chaque fois que je la relis, mon estomac se noue et j'entends la voix de mon père : « Les Adler n'abandonnent pas, ma chérie. » Papa sera déçu, même si je lui explique à quel point j'ai travaillé dur pour Alf, qui ne me récompense jamais de mes efforts. Il est déjà brisé depuis que j'ai rompu mes fiançailles. Il n'a pas parlé de lâcheté devant moi, bien sûr, mais, aux regards qu'il a échangés avec maman, j'ai compris ce qu'il en pensait vraiment. Ils sont tous les deux convaincus que je me suis enfuie au lieu d'investir des efforts dans cette relation.

Ça me fait mal de savoir que mes parents n'ont pas confiance en moi, qu'ils ne me croient pas capable de prendre une décision sensée concernant mon propre avenir. Quand ils apprendront que j'envisage aussi de quitter mon emploi… Je suis révoltée devant le peu de foi qu'ils placent en mon intelligence ou en mon jugement d'adulte. Mais pas autant que je me hais pour avoir si peu confiance en moi. Même après l'excellent travail que j'ai accompli pour mettre cette campagne sur pied et les retours enthousiastes de Hart, je doute encore de moi. Je crains de ne pas pouvoir m'en sortir seule. J'hésite au moment de sauter le pas de l'indépendance professionnelle.

Une partie de cette amertume a dû influencer mon comportement d'hier avec Hart, quand j'ai vu qu'il ne me faisait pas assez confiance pour savoir ce qui vendrait le mieux son programme humanitaire sur son île.

Son manque de foi m'a tellement blessée… Pendant un instant, j'ai été tentée de lui envoyer un rapide message de conclusion lui disant ce qui lui restait à faire pour que son hôtel soit un succès, mais je n'en ai pas fini avec lui. Je n'ai donc rien écrit.

Non, je n'en ai pas fini avec Hart…

Professionnellement, si. La campagne pourra être mise en ligne dès demain matin, quand j'aurai reçu son accord définitif. Et il le donnera, puisque j'ai accepté ses exigences absurdes concernant le lancement du programme, sans me servir de son image pour le lier naturellement à la com de l'hôtel.

Mais en avoir fini avec ma mission pour Hart ne signifie pas que je suis prête à lui tourner le dos. Certes, j'étais bien décidée à ne voir dans notre liaison qu'un flirt passager, mais l'idée de repartir pour le continent dans un jour ou deux me déprime.

C'est fou ! Je connaissais pourtant ses conditions dès le premier jour. C'était même exactement ce que je voulais : un plaisir de courte durée, sans attaches et sans problème. Une friandise, et rien de plus.

Mais ces quelques douceurs n'ont peut-être pas suffi.

Et si je voulais tout le paquet de bonbons, et le rayon confiserie en plus ?

Ça n'arrivera jamais. Seulement, l'espace d'un instant, je me laisse aller à imaginer à quoi ressemblerait ma vie si je restais. Si je trouvais enfin la force de démissionner et de monter mon propre cabinet, travaillant à distance avec des clients dans le monde entier. Et si une mission nécessitait vraiment une rencontre, je pourrais aussi me déplacer. Seulement, je n'arrive pas à concevoir l'avenir si Hart et moi, nous nous séparons. Je perds tout courage en pensant que mon départ me privera de ses bras, de ses baisers, de son sexe en moi…

Un e-mail arrive soudain dans ma boîte de réception. Mon cœur s'emballe : c'est lui.

Je l'ouvre sans attendre.

— Quoi… ?

Je le relis, persuadée que je me suis trompée.

Non. En quelques lignes, Hart vient de sceller notre avenir, une fois que sa fichue campagne sera mise en ligne.

Et cet avenir, c'est *rien*.

Il me dit au revoir et me plaque lâchement dans un e-mail !

Il est hors de question qu'il s'en tire comme ça.

Je lui envoie une réponse polie en lui demandant de me rejoindre dans la salle de conférences dans une demi-heure pour parler de son message. J'ai sciemment choisi cet endroit, puisqu'un lieu plus intime risquerait d'exciter de nouveau nos désirs irrépressibles.

Cette fois, ni sa bouche sensuelle, ni ses doigts experts, ni son sexe impressionnant ne me détourneront de mon objectif.

Il me répond vite pour confirmer le rendez-vous. Très bien ! Maintenant, il me reste une demi-heure pour me préparer à une confrontation dont je compte bien sortir victorieuse.

J'arrive à la salle de conférences avec trois minutes d'avance, mais il est déjà là. Il a l'air étrangement perturbé, avec son pantalon froissé, ses manches retroussées, les deux boutons de son col défaits et les cernes qui alourdissent ses paupières. Ça fait du bien de voir que lui aussi a passé une mauvaise nuit.

— Bonjour ! dis-je.

J'entre et referme la porte derrière moi d'un petit coup de pied. Puis je le rejoins près de la grande table, où il s'est campé, les mains dans les poches, et me dévisage comme un rapace sur le qui-vive.

— Tu as lu mon mail.

J'acquiesce et il sort les mains de ses poches pour s'asseoir en face de moi.

— Dans ce cas, pourquoi est-ce que tu veux me voir ?

Ni préambule, ni convivialité, ni prise en compte de la tension bouillonnante qui continue à nous rapprocher.

— Oui, j'ai lu ton mail, et j'affirme que c'est du baratin.

Il pose les mains à plat sur la table et se penche vers moi, me couvant d'un regard sombre.

— Ne fais pas ça, Daisy. Ça va rendre les choses plus difficiles.

— Pour toi, tu veux dire ?

J'essaie de marquer mon mépris, mais la moue que je fais est plus embarrassante qu'autre chose. Je reprends :

— Tu as bien souligné l'aspect purement professionnel de notre relation dans ton e-mail, mais je pense qu'il est temps pour toi d'avouer.

Il pince les lèvres et fronce les sourcils de plus belle.

— D’avouer quoi ?

— Que tout ça te touche ! Et que tu as des sentiments, même si tu prétends le contraire !

— Qu’est-ce que tu racontes ? Tu ne sais rien de moi, Daisy, aboie-t-il.

Il grimace, les babines retroussées comme un loup prêt à l’attaque.

— Je ne ressens rien, point final…

— Ah oui ? Et ça, c’est quoi ?

J’allume mon téléphone pour lui montrer la nouvelle campagne agrémentée d’un bandeau annonçant le début du programme pour les enfants.

— Tu veux aider ces gamins parce que personne ne l’a fait pour toi, à l’époque. Ça prouve qu’il y a des sentiments quelque part en toi, non ?

— Pour les enfants, peut-être, rétorque-t-il, rouge de colère. Mais quel rapport avec toi ?

Ça me fait mal. Très mal. Au point que je suis un instant tentée de quitter la pièce sans un regard en arrière, comme il le veut. Mais je me retiens.

Il essaie de me déstabiliser, comme le faisait Casper à la moindre occasion quand nous sortions ensemble. Me faire traiter de la même manière par un homme auquel je tiens vraiment, cette fois… Ça me tue.

Je passe donc à l’offensive.

— C’est comme ça que tu te comportais avec ton grand-père ? Tu le repoussais jusqu’à ce qu’il n’ait plus d’autre choix que de te laisser partir ? Dans ce cas, je te plains. Tu préfères blâmer le monde entier pour tes malheurs plutôt qu'affronter ton passé et l'abandon de ton père…

— Arrête ! hurle-t-il.

Son visage est dévasté.

Il souffre tellement… Ma gorge se serre. J'ai peut-être dépassé les bornes, mais il fallait bien lui faire toucher la réalité du doigt : il s'est trouvé une femme qui déteste baisser les bras, qui est prête à tenir la distance et qui est folle de lui. Hélas, son regard meurtrier me fait craindre qu'il ne me pardonne jamais cet écart. Ai-je eu raison de recourir à de la psychologie de bas étage pour le pousser à admettre qu'il éprouve des sentiments ?

— Hart, écoute-moi…

— Fous le camp d'ici !

Sa voix puissante résonne dans la pièce et je tente tant bien que mal de cacher mon désarroi.

— Tu ne penses pas ce que tu dis…

Rester calme exige de moi un effort surhumain en cet instant. Je lui tends la main.

— Je tiens à toi, Hart…

— Ce qu'on a partagé s'appelle du sexe, et ce n'était rien de plus. Ne va pas t'imaginer des choses !

Il me dévisage sans chercher à cacher sa haine et un fragment de mon cœur se brise.

Il est allé trop loin. Impossible de faire marche arrière maintenant.

— C'est bas, dis-je en me levant.

Je m'efforce de reculer lentement au lieu de m'enfuir en courant comme j'en aurais envie.

— J'ai pensé beaucoup de choses de toi depuis qu'on se connaît, mais jamais que tu étais un lâche.

Sur ces mots, je tourne les talons et gagne la porte.

— Tu peux mettre le site en ligne comme prévu ! crie-t-il dans mon dos.

C'est l'autorité mesquine d'un homme qui renie toutes ses émotions et qui est bien décidé à me traiter en subalterne – un patron face à une employée.

Je me sens sale, manipulée, mais ce n'est pas sa faute : nous nous étions mis d'accord pour un simple flirt et j'ai voulu changer les règles. Seulement, je ressens à présent la même chose que lorsque j'ai rompu avec Casper. J'ai l'impression d'avoir donné à cet homme une portion de mon âme que je ne pourrai jamais retrouver.

— OK, dis-je d'une voix étrangement calme, étant donné la tempête qui se déchaîne en moi.

Je poursuis ma route vers la porte. J'ai besoin qu'il m'appelle, qu'il m'arrête, me serre dans ses bras et me réconforte. J'ai besoin qu'il admette son erreur. Qu'il me dise qu'il ressent la même chose que moi. Qu'il s'excuse d'avoir été une ordure sans cœur.

Je le supplie en silence de le faire.

Et quand il ne réagit pas, je comprends que tout est fini.

Je tiens bon tant que je n'ai pas atteint l'ombre des immenses palmiers qui entourent ma villa, puis je fonds en larmes.

23.

Hart

Je suis allé trop loin.

Mais je ne peux plus revenir sur mes pas.

Je savais ce que je faisais en plaquant Daisy avec autant de brutalité. Je savais qu'elle partirait. C'est ce que je voulais. Parce qu'à l'instant même où elle a percé à jour le secret de mes sentiments, comme si elle les avait lus dans mes yeux, j'ai su qu'il fallait en finir.

C'est comme ça que tu te comportais avec ton grand-père ? Tu le repoussais jusqu'à ce qu'il n'ait plus d'autre choix que de te laisser partir ? Dans ce cas, je te plains. Tu préfères blâmer le monde entier pour tes malheurs plutôt qu'affronter ton passé et l'abandon de ton père…

Elle aurait pu dire n'importe quoi après ce discours, ça n'aurait eu aucune importance. Il fallait que je la repousse et traiter par le mépris ce que nous avons vécu ensemble était la solution miracle.

Je suis stupide. J'ai tant tenu à lui prouver que nos escapades sexuelles pouvaient être extraordinaires que je n'ai pas senti le moment où tout a basculé entre nous. Et je suis lâche, parce que, au lieu de lui expliquer pourquoi je ne pouvais pas me permettre une vraie relation, je l'ai laissée croire que nous avions une chance.

Elle va penser que je me suis servi d'elle. Elle va me prendre pour une enflure de premier ordre. Je devrais m'en réjouir. Pourtant, je me sens vide à l'intérieur et mon visage est figé, engourdi, comme chaque fois que j'ai dû prendre un air blasé face à l'indifférence, aux insultes ou à la brutalité.

On frappe soudain à ma porte et la tête de Kevin apparaît dans l'entrebâillement.

— Tu voulais me voir ?

— Oui, entre !

Il faut bien, tôt ou tard, que j'aille de l'avant et que je mette mes projets à exécution.

— Tu vas bien ?

Kevin s'assied en face de moi et je fais de mon mieux pour oublier Daisy, et ce que je lui ai fait sur ce même bureau.

— Tu as une sale tête.

— Je suis fatigué, c'est tout.

Kevin a la sagesse de ne pas insister, même s'il continue à me dévisager avec une curiosité évidente.

— Quoi de neuf ?

— J'ai pris une décision concernant le poste de directeur de l'hôtel.

Il paraît surpris.

— Mais tu n'as encore interviewé aucun candidat.

— J'ai examiné tous les CV qu'on a reçus et j'ai organisé des entretiens en vidéoconférence.

— Bien.

Une moue déçue assombrit son visage, ce qui me redonne espoir. Il va s'empresser d'accepter l'offre que je m'apprête à lui faire.

— Aucun de ces candidats ne m'a autant impressionné que toi. C'est pourquoi j'aimerais te proposer le poste.

Kevin ouvre la bouche d'un air ébahi, avant de la refermer et de se redresser.

— Tu es sérieux ?

— À cent pour cent.

J'embrasse d'un geste le bureau et ajoute :

— Je sais que, la première fois que je t'ai proposé ce boulot, tu l'as refusé, mais je t'ai regardé travailler de près depuis mon arrivée et je ne vois personne de mieux placé que toi pour reprendre les rênes. Tu as passé tellement de temps avec Pa ! Trente ans ! Tu sais mieux que personne comment fonctionne cet établissement. Tu seras sans doute le meilleur manager que Gem Island puisse avoir, maintenant qu'on s'apprête à relancer l'activité.

— Je ne refuserai pas une seconde fois. De toute manière, ma femme m'a déjà botté les fesses pour avoir laissé passer ma chance.

Il sourit, comme un homme auquel l'on vient d'offrir les clés d'un royaume entier.

— Merci, vieux. Je ne te décevrai pas.

— Je le sais.

Je lui serre la main, soulagé que la première partie de mon plan se soit aussi bien déroulée.

— Il y a juste un petit détail…

— Qui est ?

— Tu dois commencer dès maintenant.

Il éclate de rire.

— Oui, c'est ça !

— Je ne plaisante pas, Kevin. Il faut que je parte pour Melbourne et je ne sais pas combien de temps je resterai absent. D'ailleurs, si tout fonctionne bien là-bas, je risque de ne pas revenir avant un bon moment.

Cette fois, Kevin a l'air sincèrement confus.

— Je ne comprends pas. Nous n'avons pas encore mis en ligne le nouveau site Internet…

— Daisy s'en occupe. Il sera visible demain matin, accompagné d'une série d'interviews et de films publicitaires tournés la semaine dernière.

— Donc, Daisy reste et toi, tu quittes l'île ?

Je n'aime pas son sous-entendu. Je pensais avoir été discret avec elle, mais Kevin a l'air bien informé de notre aventure.

— Oui.

Je ne lui fournis aucun détail, dans l'espoir qu'il en reste là.

— Mais je croyais que…

Il s'interrompt un instant, puis lâche un petit rire gêné.

— Laisse tomber.

Soulagé de voir qu'il ne compte pas insister, je tourne l'écran de mon ordinateur vers lui pour lui montrer sur quoi je travaille.

— Voici la raison de mon voyage à Melbourne. Je vais rencontrer le fondateur de l'association australienne pour les enfants placés et lui exposer ma nouvelle idée.

Kevin lit rapidement le texte qui s'affiche à l'écran, puis me dévisage.

— Qu'est-ce que tu as en tête ?

— Tu vois les vieilles villas, au fond du domaine ?

Il acquiesce.

— Eh bien, je vais en faire des maisons de vacances pour les enfants placés et leurs familles d'accueil. Je veux leur offrir quelque chose que la plupart d'entre eux n'ont jamais connu : un répit loin de leurs malheurs. Ça leur ouvrira des horizons nouveaux et leur permettra de voir tout ce que la vie peut apporter.

— Ma parole, c'est impressionnant !

L'admiration sincère de Kevin m'encourage à continuer.

— J'aimerais mettre tout ça en route le plus vite possible, et je veux en faire la publicité. Mais sache que Daisy n'a pas été d'accord, au début.

— Qu'est-ce que tu veux dire ?

— Je voulais ajouter cette info sur le site Internet de l'hôtel pour que les familles intéressées puissent voir tous les aménagements de l'île. Daisy a accepté, mais elle voulait qu'il y ait mon nom et mon visage, pour lier les deux campagnes.

— Ça se tient…

— Non, pas du tout !

Une colère résiduelle se réveille et me fait serrer les dents.

— Je tiens à ma vie privée. Je ne veux pas qu'on

affiche mon image partout et que les gens s'extasient sur ma générosité. Le programme pour les enfants devra être un simple ajout à ce que nous avons déjà mis en place.

Kevin fronce les sourcils.

— Est-ce que ça ne rendra pas le message moins lisible ?

Je me crispe un peu plus, mais lui laisse une chance d'exposer son raisonnement.

— Je veux dire que le but premier de cette campagne de com était de s'attirer de nouveau la confiance des consommateurs. De leur prouver que l'empire Rochester prend un nouveau souffle, un nouveau départ en force malgré le décès de ton grand-père. Nous voulons promouvoir cette île avant tout pour qu'elle devienne notre étendard, faire remonter les réservations de cinquante pour cent. C'est pour ça qu'on a engagé ce cabinet de relations publiques.

Sa logique exaspérante ne m'apprend rien de neuf.

— Et alors ?

— Je trouve ton idée d'aide aux familles d'accueil formidable, mais je suis d'accord avec Daisy. Pour que tout le travail que nous avons fait, sur la com et ton projet, paraisse cohérent, nous devons faire de toi le nouveau visage de l'entreprise.

J'ouvre la bouche pour protester, mais il me fait taire d'un geste. Ça aurait dû me faire bondir, néanmoins je ne peux m'empêcher de penser une fois de plus qu'il fera un très bon manager.

— Je ne veux pas te paraître snob ni dénigrer

ton programme ; mais je pense que nous tenons une superbe occasion de faire quelque chose pour ces gamins. Pourquoi vouloir précipiter le truc, au lieu de nous investir convenablement dans cette idée ?

J'acquiesce. Je suis bien obligé d'admettre qu'il a raison sur ce point.

— Je ne veux pas précipiter les choses. Mais je me suis dit que l'on pourrait profiter du lancement de notre grande campagne pour offrir au programme un peu de publicité gratuite, au lieu de devoir tout reprendre de zéro dans un deuxième temps.

— Tu tiens vraiment à présenter ton programme humanitaire en trois lignes mal définies ajoutées au bas du site, sous un bandeau « Prochainement » ? C'est le genre de publicité dont tu rêves, alors que nous pourrions avoir un impact tellement plus fort en proposant des réservations et en donnant des détails précis aux gens ! La seule solution, pour lancer ce projet vite et bien, serait de placarder ta tête sur tous les supports de com afin de montrer à tout le monde que tu représentes à la fois le glamour luxueux que cherchent les touristes et la générosité d'un organisme qui offre des vacances aux enfants dans le besoin.

Mince. Il a raison.

— C'est juste, mais nous lancerons quand même le site comme prévu. Ma décision est prise.

Je cogne du poing sur la table, frustré, et Kevin sursaute.

— Désolé, dis-je. C'est juste que j'ai foiré cette histoire, avec Daisy.

— C'est une bonne professionnelle. Elle fera ce qu'il y a de mieux pour l'empire Rochester.

Peut-être. Mais qu'en est-il de ce qu'il y a de mieux pour moi ?

Jamais encore on ne m'avait percé à jour comme elle l'a fait. Même Pa ne savait rien de l'origine de mes problèmes et de ce qui m'empêchait de lui faire confiance. Mais Daisy, elle, a parlé de l'abandon de mon père comme si c'était la chose la plus évidente au monde et, à l'instant où elle a prononcé ces mots, tout s'est éclairé. Ma rancœur tenace, mon habitude de repousser les gens, mes émotions réprimées… J'en veux encore à mon père, même si j'ai tenté de me convaincre il y a des années qu'il ne comptait absolument pas dans ma vie.

Daisy m'a aidé à me comprendre, et comment l'ai-je remerciée ? En la rejetant comme je rejette tout le monde. Mon ventre se noue et je ne peux réprimer une grimace.

Kevin glousse.

— Je le savais ! Vous êtes ensemble, tous les deux.

— Non, nous ne…

Mes protestations automatiques s'étouffent d'elles-mêmes.

Nous partageons quelque chose, mais je ne saurais pas dire quoi. Nous *partagions*. Et j'ai délibérément brisé ce lien.

— C'est une gentille fille. Elle a la tête sur les épaules, reprend Kevin avec un petit rire. D'ailleurs, il est facile de voir les étincelles que vous faites quand vous êtes ensemble.

— C'est si évident que ça ?

— Oui, si on y prête un peu attention.

Il se redresse avec fierté.

— J'ai eu un petit côté commère toute ma vie, tu sais. Ton grand-père me l'a toujours dit, et maintenant qu'il n'est plus là, j'ai reporté ma curiosité sur toi…

Il s'interrompt un instant et me dévisage.

— Alors ? Qu'est-ce que tu vas faire ?

Je n'ai plus qu'une option : aller m'excuser auprès de Daisy – une fois de plus – pour mon comportement honteux.

Mais est-ce que ça réglera le problème ? Elle est sur le point de partir, comme tous ceux que j'ai connus ; à commencer par mon père, qui a réussi à me briser dès l'enfance. Même Pa, à qui j'ai ouvert mon cœur, a disparu – bien que ce ne soit pas sa faute. Je sais bien que ma rancœur est irrationnelle, mais je souffre encore plus de voir s'en aller les gens auxquels je tiens.

Et je tiens à Daisy.

Il faut que je quitte cette île avant elle.

Je n'ai pas le choix.

— Je partirai comme prévu pour Melbourne afin de présenter mon programme aux autorités concernées. Après, je me pencherai un peu plus sur la communication appropriée.

Mais je n'y travaillerai pas avec Daisy, hélas.

Après ce que je lui ai fait, elle refusera certainement d'avoir quoi que ce soit à faire avec moi…

Kevin paraît encore plus surpris.

— Tu ne veux pas en parler à Daisy avant de partir ?

Non. Hors de question.

Je ne dois pas la revoir, même un instant, parce que je risque de céder quand elle sera devant moi et de faire marche arrière.

Il faut que notre relation s'achève, et selon mes règles.

— Quand le moment sera venu de rendre le programme public, je prendrai toutes les options disponibles en compte.

Kevin lâche un petit soupir réprobateur que je préfère ignorer.

— Je pars dans l'heure. Je laisse la gestion de l'hôtel entre tes mains compétentes.

Sur ce, je me lève et lui tends la main. Plus vite je quitterai ce bureau, moins il me posera de questions embarrassantes.

— On garde le contact. N'hésite pas à m'appeler s'il y a le moindre problème.

— Promis.

Il me serre la main avec une énergie qui en dit plus long que mille mots. J'aime les hommes qui ont une poigne ferme et assurée. C'est une preuve de force de caractère.

— Et bonne chance pour ton projet, ajoute-t-il.

— Merci.

J'ai hâte de mettre mes idées à l'épreuve de la

réalité. Néanmoins, je ne peux m'empêcher de penser que j'ai commis une erreur de taille avec Daisy. Et je ne sais absolument pas comment la réparer.

24.

Daisy

Pendant les heures qui suivent ma confrontation avec Hart, je travaille comme une forcenée. C'est la seule chose qui peut m'empêcher de me rouler en boule dans un coin et de pleurer tout mon soûl.

Il m'a blessée. Profondément.

Et c'est ma faute.

J'ai été stupide de lui faire voir mes sentiments pour lui. J'ai été stupide de tomber amoureuse et d'avoir cru que j'avais le pouvoir de le faire changer.

Les hommes ne changent pas. Toute femme digne de ce nom le sait. J'ai naïvement pensé le contraire et maintenant, je paie ma sottise au prix fort.

J'ai fait la même chose avec Casper ; j'ai essayé de le pousser à évoluer, subtilement, dans l'espoir qu'il finisse par m'aimer à son tour. Hélas, mes efforts n'étaient jamais suffisants, et voilà que je retrouve la même sensation d'impuissance. J'ai l'impression que mon cœur a été vidé de sa substance et replacé dans mon corps juste pour me maintenir en vie. J'ai mal. Ce n'est pas une douleur métaphorique, mais un déchirement bien réel dans ma poitrine, qui m'élance sans arrêt. Ça me pousse à travailler de plus belle, car c'est le seul moyen d'oublier un instant ma stupidité.

Après trois heures de dur labeur, ma mission s'achève. La campagne de Gem Island est prête. Il ne me reste plus qu'à taper sur quelques touches pour mettre en ligne le site Internet et diffuser les posts préprogrammés sur les réseaux sociaux. Après ça, je pourrai partir.

Seulement, pour mettre le point final à cette mission, il me faut un dernier accord de mon client, une signature au bas des documents.

Bon sang. Le revoir est bien la dernière chose dont j'aie envie, mais je dois y aller. Je resterai parfaitement professionnelle. Obtenir sa signature. Le remercier pour sa confiance. Faire mes bagages.

Cependant, quand j'arrive dans son bureau, ce n'est pas lui qui m'accueille, mais son bras droit, Kevin. Et il est assis derrière la grande table de travail.

— Bonjour, Kevin. Est-ce que Hart est là ?

— Non, désolé. Il est parti pour Melbourne.

Sous le choc, je manque de lâcher mon ordinateur.

— Quand ?

— Il y a quelques heures.

Il hésite un instant, comme s'il n'était pas sûr de devoir m'en dire plus, puis reprend :

— Je ne sais pas quand il rentrera.

Mon cœur se brise et je prends conscience que c'est à cause de sa fuite précipitée, qui laisse notre histoire en plan, et non pour ce qui aurait dû me préoccuper le plus : comment lui faire signer les papiers ?

— C'est un jeune homme très obstiné, je pense que vous le savez déjà.

Kevin m'invite à entrer. J'obéis, en faisant de mon mieux pour ne pas regarder le bureau sur lequel il s'est passé tant de choses.

— Il a en effet des idées très arrêtées, dis-je quand je vois Kevin me dévisager d'un air interrogateur.

— Pour ce que ça vaut, je ne l'ai encore jamais vu aussi heureux que ces deux dernières semaines…

Mes joues s'embrasent. Comment peut-il être au courant ? Je n'imagine pas Hart se confier à lui, ce qui veut dire que nous avons forcément été moins discrets que nous le pensions.

— Retrouver cette île lui a sans doute fait du bien, dis-je d'un ton léger.

Hélas, le sourire entendu de Kevin réduit ma nonchalance à néant.

— Je pense que son bonheur était plus en rapport avec vous qu'avec Gem Island.

Il se laisse aller dans le fond de son fauteuil comme un dieu bienveillant qui régnerait sur son petit royaume.

— Vous lui avez fait beaucoup de bien. Il a besoin d'une femme comme vous dans sa vie.

Je ne dis rien, préférant ne pas corroborer ses soupçons. Qui sait ? Peut-être est-il simplement en quête de secrets gênants sur son patron.

— Parce que vous m'avez l'air aussi déterminée

que lui. Vous lui tenez tête et vous ne vous laissez pas manipuler. Il a besoin de ça.

Je finis par céder.

— Ce dont il a besoin, c'est d'un bon coup de pied aux fesses.

Kevin éclate de rire.

— Vous voyez ? Vous êtes parfaite pour lui.

Malheureusement, seules deux personnes au monde en sont convaincues, toutes deux dans cette pièce.

— Le problème, c'est que j'ai besoin de sa signature.

Et aussi de reprendre le contrôle de cette conversation, qui ne fait que fragiliser un peu plus mes nerfs déjà bien meurtris.

— Si Hart n'est pas là, peut-être pourriez-vous m'aider ?

Il acquiesce.

— Je suis le nouveau manager, donc oui.

— Vous avez été nommé directeur ?

Nom d'un chien, Hart n'a pas ménagé ses efforts pour me fuir ! J'aurais dû m'y attendre : c'est bien comme ça qu'il semble éluder tout ce qui le gêne. Nous avons joué à cache-cache pendant un bon moment déjà et ce déni final aurait dû renforcer toutes mes convictions à son sujet.

Il n'est pas fait pour vivre en couple.

En même temps, il n'a jamais prétendu le contraire. Il m'a prévenue dès le premier jour et j'ai accepté parce que j'étais incapable de lui résister. Je me sens encore plus bête d'avoir espéré autre chose, des choses qu'un homme comme lui n'est pas prêt à donner.

— Oui, c'est officiel, répond Kevin. Alors, que puis-je faire pour vous ?

Je dépose mon ordinateur sur le bureau, l'ouvre et entre mon mot de passe, puis tire les documents de mon sac.

— La campagne est prête à être mise en ligne, mais j'ai besoin d'une approbation finale et seul le client peut me la donner.

Kevin contemple l'écran pendant ce qui me paraît une éternité, avant de secouer la tête.

— Je suis désolé, mais je ne peux pas approuver cette campagne.

Quoi ? Qu'est-ce qu'il raconte ? J'ai passé des centaines d'heures à mettre sur pied cette campagne, c'est le meilleur travail que j'aie jamais réalisé et j'ai besoin que cette mission soit couronnée de succès ! Je ne peux pas renoncer maintenant.

— Que voulez-vous dire ?

Kevin rabat l'écran de mon ordinateur.

— Ce que je veux dire, c'est que, bien que je sois le nouveau manager de ce complexe hôtelier, je ne peux pas prendre sur moi de donner le feu vert pour un projet qui reste surtout celui de Hart. C'est à lui de l'approuver, pas à moi.

Il a l'air bien trop content de lui et je me demande un instant si ce n'est pas une combine pour nous obliger à nous revoir.

— Mais j'ai besoin d'une signature sur ces documents !

— Dans ce cas, je pense que vous n'avez pas le choix, vous devez obtenir son accord personnel.

Et moi, je pense que Chris Hemsworth devrait vraiment être mon majordome personnel pendant une semaine ! Mais rien de tout ça n'arrivera.

— Pourquoi ? ne puis-je m'empêcher de demander.

— Parce que, si vous le laissez tomber maintenant, vous ne serez qu'un numéro de plus sur la longue liste des personnes qui lui ont tourné le dos. Et nous savons tous les deux que vous n'êtes pas du genre à lâcher prise. Si vous l'étiez, vous auriez sans doute sauté dans un avion la première fois qu'il vous a repoussée, vous ne croyez pas ?

Je le dévisage en silence, abasourdie.

La perspicacité de cet homme réveille tout un mécanisme dans ma tête… Est-ce pour ça que Hart est parti si vite ? Pour me fuir avant que je ne le fuie ? Aurait-il lui aussi des sentiments pour moi ? Notre relation aurait-elle réellement été plus qu'un simple flirt ? Et, la plus importante question de toutes : que se passera-t-il si j'écoute Kevin ?

J'ai déjà fait des efforts pour un autre homme dans ma vie. J'ai suivi Casper partout où il voulait aller : pour lui, j'ai changé de maison, de quartier, de vie. J'ai été une fiancée modèle, et ça ne l'a pas empêché de piétiner mes rêves pour autant.

Il s'est emparé de tout ce que je lui ai offert, et davantage encore, sans prendre en considération ce que je voulais, moi. D'ailleurs, quand j'ai essayé de lui parler de mes rêves et de mes besoins, il m'a ri au nez.

Mes parents ont tort. Je n'ai pas baissé les bras avec Casper ; j'ai pris une décision rationnelle pour assurer ma survie. Et je devrais faire de même maintenant. Pourchasser Hart n'est pas sage. Il est fermé, psychologiquement, et je n'ai pas assez d'énergie pour le pousser à m'apprécier. J'ai déjà connu ça, et j'ai une bague à trois carats pour le prouver.

Je ne peux pas recommencer et prendre une seconde fois le risque de perdre une partie de moi en route. Surtout pas pour un homme qui m'a clairement démontré qu'il ne veut pas de moi. Je suis beaucoup de choses, mais je ne suis pas masochiste.

Pendant toute ma vie, j'ai fait ce qu'il fallait. Mes parents comptaient sur moi pour donner le bon exemple à mes deux sœurs. À leur tour, elles se sont servi de moi pour faire le bouclier entre nos parents et leurs bêtises. Quand il m'a vue, Casper a dû m'étiqueter d'emblée comme la femme parfaite, « bonne poire » facile à contrôler et à écraser.

Être parfaite n'est pas toujours une bonne chose, mais n'est-ce pas justement pour ça que je me suis jetée sur Hart ? Pour essayer d'agir en mauvaise fille une fois dans ma vie ?

Le suivre maintenant serait pathétique.

Je ne peux pas.

D'un autre côté, Kevin a raison. Est-ce que je veux vraiment me contenter d'avoir été pour Hart une preuve de plus que personne ne peut s'attacher à lui ? Est-ce que je veux lui tourner le dos, comme tous les autres avant moi ?

Je lui ai jeté ses complexes à la figure pour le secouer et lui faire admettre la vérité : ses émotions sont étouffées et il en a trop peur pour prendre un risque avec moi. Puis j'ai envisagé de le rassurer en lui avouant mes propres sentiments et… Qui sait ?

Seulement, il ne m'a pas laissé ma chance. Il m'a fait taire et a poussé le bouchon encore plus loin en quittant carrément l'île. Pour bien me faire comprendre que notre histoire est bel et bien terminée.

Et si je lui prouvais le contraire en lui montrant que je n'ai pas l'intention d'abandonner ?

— Vous êtes intelligente, Daisy. Vous ferez ce qu'il faut, pour Hart et vous, assure Kevin, avant de jeter un coup d'œil ostensible à sa montre. Maintenant, si vous voulez bien m'excuser, le nouveau manager que je suis a d'autres dossiers à *approuver*.

Je le savais.

Il nous pousse dans les bras l'un de l'autre.

Mais je ne lui en veux plus. Je pense qu'il a raison sur un point : je suis intelligente.

C'est le moment de le montrer.

25.

Hart

Mon rendez-vous avec le fondateur de l'association pour les enfants placés se passe très bien. Il est enthousiasmé par mon idée et fera tout son possible pour m'aider à mettre le programme en place. Nous discutons pendant plusieurs heures et, quand je quitte enfin son bureau de Collins Street, je suis heureux.

Enfin, peut-être pas heureux. Disons, optimiste. Ça fait une grande différence, et je devrais le savoir, vu que j'ai rarement été heureux dans ma vie. La dernière fois, c'était… Une image de Daisy et moi au lit m'apparaît soudain. Elle est pelotonnée contre moi et nous plaisantons tous les deux.

Oui, ça a été mon dernier moment de bonheur et mon cœur se serre. Plus jamais je ne connaîtrai ça.

Je descends rapidement Collins Street en passant devant une série de boutiques, de restaurants et de théâtres. Ça fait des années que je n'ai pas remis les pieds à Melbourne, mais je remarque à peine les changements. Cette ville reste une jungle de béton semblable à toutes celles que j'ai visitées dans le monde. Le glamour et les paillettes scintillent à sa surface, cachant des dessous crasseux où les sans-abri dorment sous les porches et où des gamins errent éternellement, à la recherche d'un meilleur foyer.

J'ai vécu ici avec ma troisième famille d'accueil. Ils habitaient au nord de Melbourne. C'était un vieux couple avec un seul enfant, un garçon de mon âge nommé Erik. J'avais treize ans à l'époque, et je luttais à la fois contre ma puberté et l'étrangeté de mon nouveau collège. Mais les Pendlebury étaient des gens bien. Ils adoraient le football et m'emmenaient voir leurs chers Kangaroos tous les week-ends. Bien que le jeu en lui-même ne m'ait jamais intéressé, j'ai fini par apprécier ces sorties hebdomadaires.

Tout simplement parce qu'elles me donnaient l'impression d'avoir une vraie famille.

Pendant ces quelques heures que nous passions entassés sur les gradins avec les autres supporters, je m'asseyais entre les Pendlebury et j'oubliais que je n'étais qu'une pièce rapportée, un ajout temporaire à leur foyer. Ils préparaient des sandwichs et des gâteaux pour Erik et moi, emportaient des paquets de chips et de petites briques de jus d'orange, comme celles des enfants. Je ne m'en suis jamais plaint. Je n'ai jamais dit à Barb que je détestais les sandwichs au jambon ou les cupcakes fourrés à la crème. J'acceptais avec gratitude tout ce qu'elle me donnait, parce que ce joyeux brouhaha de chants et de huées me donnait l'impression d'avoir une place dans le monde.

Puis Pa m'a retrouvé et ma vie a changé. Mais je n'ai jamais oublié les Pendlebury et leur football, pas plus que la sensation de sécurité qu'ils m'ont offerte pendant les quelques années que j'ai passées chez eux.

En tournant sur Swanston Street en direction de la célèbre gare de Flinders Street, à deux pâtés de maisons de là, je me sens envahi par quelque chose d'étrange : une sorte d'agitation.

Je pensais que venir dans cette ville et me plonger corps et âme dans mon nouveau projet me changerait les idées. Hélas, je ne peux pas faire grand-chose de plus ici pour le moment. D'habitude, j'apprécie ce genre de tension. Elle m'oblige à avancer de lieu en lieu sans me laisser le temps de trop m'attacher aux endroits et aux gens. J'aime ça.

Alors, pourquoi est-ce que je n'arrive pas à puiser assez d'enthousiasme en moi pour aller jusqu'à l'aéroport et prendre le premier vol pour Sydney ?

J'ai organisé mon voyage dès la fin de ma réunion, pour exploiter au mieux cette première énergie productive. J'ai même prévu un rendez-vous là-bas dès demain matin. Après ça, qui sait ? Je pourrais peut-être faire le tour de toutes les grandes villes du pays pour que les gamins qui y vivent aient accès eux aussi à leurs vacances sur Gem Island.

Oui, c'est faisable. Après Sydney, j'organiserai une grande tournée : Hobart, Adelaide, Perth, Darwin, et enfin Brisbane. Je sais très bien pourquoi j'envisage de visiter la capitale du Queensland en dernier… C'est là-bas que vit Daisy et, plus longtemps je resterai loin d'elle, moins je serai tenté d'aller la voir.

Loin des yeux, loin du cœur, comme on dit. J'ai bien l'intention de suivre le dicton à la lettre.

Je me commande un café à emporter sur Federation Square et hèle un taxi. Je voyage léger, mais il faudra peut-être que j'investisse dans une valise et quelques vêtements de rechange si je veux faire le tour du pays et voyager pendant plus d'une semaine d'affilée.

Chaque fois que nous partions ensemble, Pa se moquait de mes bagages minimalistes. Il ne comprenait pas que je n'aie pas besoin de plus d'affaires. D'un autre côté, il comprenait assez peu de choses à mon sujet.

Par exemple, pourquoi je garde toujours au fond de mon placard un sac à dos rempli d'objets de première nécessité, pour le cas où je devrais m'en aller sans prévenir. Ça m'est déjà arrivé une fois : j'avais dû sortir par la fenêtre de ma chambre pour échapper à la main lourde de mon père.

Ou pourquoi je dors très peu. Il faut dire que j'ai passé des années à ne dormir que d'un œil, de peur qu'on m'agresse dans mon sommeil.

Ou pourquoi on peut toujours trouver des barres chocolatées dans les poches de mes costumes : je ne veux plus jamais sentir la faim me tordre l'estomac.

Pa était quelqu'un de bien, mais je lui ai caché tant de choses sur moi ! Et si je n'ai jamais réussi à être honnête avec l'homme qui m'a rendu ma vie, comment puis-je espérer avoir un jour une relation stable avec une femme ?

Mes pensées ne cessent de revenir à Daisy et ça m'exaspère. Je préfère profiter de la banquette du taxi pour faire une courte sieste, et je ne me réveille qu'au moment où la voiture s'arrête devant le terminal de l'aéroport.

— Prochain arrêt : Tullamarine, annonce le chauffeur en pianotant sur son ordinateur de bord pour calculer le prix de la course.

Je lui tends un billet de cent dollars et n'attends pas la monnaie.

— Merci, m'sieur ! crie-t-il dans mon dos tandis que je me réfugie dans le terminal climatisé, pressé d'embarquer.

Mon téléphone sonne alors que je m'apprête à passer les portails de sécurité. Je retiens un instant mon souffle, mais c'est le numéro de Kevin qui s'affiche sur l'écran.

J'étouffe tant bien que mal la vive déception qui me monte à la gorge et décroche.

— Salut, Kevin ! Tout va bien ?

— Très bien. Comment as-tu trouvé Melbourne ?

— Rien n'a changé, d'après ce que j'ai vu. Je suis sur le point de partir pour Sydney.

— Sérieusement ?

La panique de Kevin est audible – je ne comprends pas ce qui peut l'inquiéter à ce point.

— Oui, le rendez-vous s'est bien passé et j'en ai déjà organisé un autre à Sydney.

— Mais… Tu ne peux pas… Bon sang, s'étrangle Kevin. J'ai merdé.

Ça fait à peine vingt-quatre heures qu'il occupe son nouveau poste et mon cœur s'arrête. J'avais placé de grands espoirs en lui. J'ai besoin qu'il excelle pour me permettre de retourner à ce que je fais de mieux : voyager dans le monde, aider les enfants placés et, surtout, ne me lier à personne.

— Qu'est-ce que tu as fait ?

— Je crois que j'ai envoyé Daisy dans une quête désespérée…

Sa réponse n'éclaircit en rien la situation, mais le simple fait d'entendre ce nom fait s'accélérer les battements de mon cœur.

— Pourquoi ? Où est-elle ?

— En route pour Melbourne, justement. Pour te voir.

— Quoi ?

J'écarte le téléphone de mon oreille et examine l'écran, comme si ça avait le pouvoir de changer ce que je viens d'entendre.

— Pourquoi aurais-tu fait une chose aussi stupide ?

— Parce qu'elle tient à toi et parce que tu tiens à elle, répond Kevin, sur la défensive, d'une voix étrangement étouffée. Et puis, elle a besoin de ta signature pour lancer la campagne.

— Tu aurais très bien pu signer à ma place… Attends. Le site n'a pas été mis en ligne ce matin ?

Je serre les dents, frustré. Je connais la réponse avant même qu'il parle. Je n'ai pas eu le temps de vérifier si le nouveau site était bien visible ; j'ai été trop pris par mon rendez-vous. Mais s'il n'est pas en ligne, je vais me mettre en colère !

— Non. Je pensais qu'un retard d'une journée ne changerait pas grand-chose, alors j'ai dit à Daisy que c'était à toi d'approuver le lancement…

— Mais… Pourquoi ?

Je le sais déjà, hélas. Kevin essaie de jouer les entremetteurs.

— Parce que tu as besoin qu'on te pousse sur le droit chemin, dit-il, exactement comme je le craignais. Et j'espère que tu sauras faire ce qu'il faut quand Daisy te rattrapera.

— Est-ce qu'on t'a déjà dit que tu n'as pas besoin de t'occuper des affaires des autres ?

— Oui, ton grand-père me le répétait tout le temps. Pour ton information, sache que ça ne m'a jamais arrêté.

Il lâche un petit rire.

— Il faut que tu appelles Daisy. Dis-lui où tu es.

Je soupire. Ce n'est pas le moment de jouer à ces petits jeux…

— Très bien, je le ferai. Mais maintenant, j'aimerais bien que tu arrêtes de te mêler de ma vie privée.

— J'essayais juste de mettre le point final à ta fichue campagne. Ça n'a rien à voir avec ta…

— Laisse-moi te dire que tu mens très mal. Je te laisse, il faut que j'y aille.

Je raccroche et contemple de nouveau mon téléphone. Je n'ai pas de fond d'écran. J'ai toujours préféré voir mes applications s'aligner proprement sur un fond noir.

J'ai bien conscience de ce que je devrais faire. Je devrais taper ce numéro que je connais si bien et parler à Daisy.

Mais je me contente de glisser mon portable dans ma poche et de passer le portique.

Je lui enverrai un e-mail.

Plus tard.

26.

Daisy

J'attends que mon avion atterrisse à Melbourne pour appeler Hart.

J'ai déjà tout prévu. Nous nous retrouverons dans un endroit public, un café en ville par exemple, loin de la tentation des chambres d'hôtel ou de tout lieu susceptible d'apporter la moindre intimité. Je lui dirai clairement que je veux juste mettre un point final à ma mission, mais je profiterai de l'occasion pour sonder ses émotions.

Parce que je n'arrive pas à oublier ce que m'a dit Kevin ni à penser à autre chose qu'à cet homme fascinant et exaspérant, incapable de faire confiance à qui que ce soit.

Tout le monde le quitte, tôt ou tard. Je l'avais déjà compris. Et, étant donné ce qu'il sait de moi, il doit croire que je vais faire pareil. Si j'ai été capable de rompre mes fiançailles, qu'est-ce qui pourrait me pousser à m'attacher à lui ? Il faut que je lui tienne tête et que je lui fasse comprendre que je ne tournerai jamais le dos à ce qui a vraiment de l'importance pour moi.

Une fois dégagée de la foule de passagers qui descend de l'avion et débarque dans l'aérogare, j'appelle. Ça sonne mais, au même moment, il se passe quelque chose d'étrange. Au lieu de n'entendre que la tonalité dans mon écouteur, je reconnais sa sonnerie typique, un coup de klaxon répétitif, tout près de moi.

C'est sans doute une coïncidence. Des millions de personnes doivent avoir chargé cette sonnerie. Je jette un coup d'œil pour voir d'où elle vient… et je croise le regard de Hart.

Il me dévisage d'un air horrifié et j'éclate de rire. Clairement, il n'est pas ravi de me voir…

— Tu quittes déjà Melbourne ?

Je jette un coup d'œil au tableau des départs, qui annonce que l'avion que je viens de quitter s'envole de nouveau dans une heure pour Sydney.

— Laisse-moi deviner : tu as appris que je venais.

— Tu n'es pas le centre du monde, réplique-t-il, plus bougon que jamais.

Mais je vois de la peur au fond de son regard.

Que craint-il à ce point ? Que mes paroles lui ouvrent enfin les yeux ? Que nous ayons une vraie chance d'être heureux sur le long terme ? Que je lui saute dessus ici, devant tous ces gens ?

— Au cas où tu te poses la question, dis-je, je suis venue à Melbourne dans le seul but de te parler.

Il ne répond pas, et je lui montre mon sac.

— La nouvelle campagne ne peut pas être mise

en ligne tant que tu n'as pas donné ton feu vert définitif.

— Tu aurais pu m'envoyer un mail.

— Oui, mais j'ai aussi besoin de ta signature. C'est notre règlement ; et c'est une exigence d'Alf, pas de moi.

Comme je l'avais prévu, il n'a pas l'intention de me faciliter la tâche.

— Et puis, un mail, ce n'est pas très drôle…

Il secoue la tête, les lèvres pincées.

— Je ne comprends pas ce que tu fais là. J'ai été un sombre imbécile avec toi, je t'ai insultée et je suis parti sans même m'excuser. Tu devrais être furieuse.

— Je le suis. En ce moment, je m'imagine en train de t'étrangler à mains nues, dis-je avec un regard éloquent sur son cou.

— Alors pourquoi es-tu venue ?

— Je te l'ai dit : j'ai besoin de ta signature comme validation finale.

J'indique d'un geste une rangée de sièges vides près de nous.

— Est-ce qu'on peut s'asseoir et s'occuper de ça maintenant ?

Plus vite j'en aurai fini avec le travail, plus vite je pourrai lui dire la vérité. Que je suis folle de lui et qu'il est hors de question de nous séparer. Pas comme ça, en tout cas.

Je sors l'ordinateur de mon sac et l'ouvre. Pendant qu'il s'allume, nous restons tous les deux assis en silence, trop gênés par les non-dits qui pèsent entre nous. Cependant, mon corps tout entier sent la présence grisante de Hart à côté de moi. Même si nous ne nous touchons pas, sa cuisse est si proche de la mienne que je suis prise d'une envie brûlante de la caresser. Ses bras puissants sont posés sur ses genoux, ainsi que ses mains expertes…

Je ravale mon trouble, la gorge sèche. Quand je me souviens de ce que ces mains savent faire, mes joues s'embrasent.

Je respire aussi son après-rasage citronné, si frais et piquant que j'ai envie d'enfouir mon visage dans le creux de son cou pour m'enivrer de son parfum.

— Tu vas bien ?

Je me reprends tant bien que mal, consciente de la chaleur qui m'est montée aux joues.

— Oui, très bien. Tu me connais : je dois encore avoir un reste de mal des transports après le vol.

Il hausse les sourcils sans cacher son scepticisme. Je ne lui en veux pas. Moi non plus, je n'aurais pas cru à une excuse aussi faible.

Heureusement, l'écran de mon ordinateur s'allume enfin et je glisse mon pouce sur le *pad* pour afficher le contrat qui nous lie.

— Tu as déjà vu le résultat final de la campagne. Tout ce dont j'ai besoin, c'est de ta signature électronique et de ton paraphe sur une copie papier.

Il contemple le document sur l'écran sans la moindre émotion apparente.

— Et si je refuse de signer ?

Je réprime une nouvelle envie de l'étrangler et je le dévisage, confuse. S'il ne signe pas, la campagne ne sera pas mise en ligne… Est-ce ce qu'il veut ? A-t-il envie que je continue à travailler pour lui ? J'ai horreur de douter de moi et je me surprends à le détester pour me tenir comme ça sur des charbons ardents.

— Qu'est-ce que tu veux dire ?

— Rien.

Il pose la main sur mon bras, ce qui ne me rassure pas pour autant.

— Je vais signer.

Je m'essuie le front du dos de la main avec un soupir exagéré.

— Ouf ! L'espace d'un instant, j'ai cru que j'avais démissionné pour rien.

Il sursaute.

— Quoi ?

— J'ai quitté mon travail hier.

Je hausse les épaules comme si ça n'avait pas grande importance, alors qu'en fait je suis terrifiée à l'idée d'avoir commis une erreur sur un coup de tête.

— Mais ça veut dire que ton travail sur cette campagne ne sera pas reconnu. Tu ne pourras pas t'en servir pour séduire de nouveaux clients…

— Il y a des choses plus importantes que ça.

Je le dévisage, le mettant au défi de dire à voix haute ce que nous savons tous les deux.

Que j'ai fait ça pour lui.

Il finit par céder le premier et s'arrache à mon regard pour se retourner vers l'écran.

— Merde…, lâche-t-il dans un souffle.

Je prends une profonde inspiration et rassemble mon courage pour tout lui avouer, consciente qu'il pourrait me briser le cœur une seconde fois. Néanmoins, je dois le faire.

— Au cas où tu te poses la question, j'ai fait ça pour nous. Je ne savais pas combien de temps il me faudrait pour te retrouver si tu ne répondais pas à mes coups de téléphone, donc j'ai démissionné pour avoir le temps de te courir après tant que…

— C'est de la folie, Daisy. Tu es folle ! s'écrie-t-il en me dévisageant de plus belle. Comment as-tu pu faire ça ? Tu rêves d'avoir ton propre cabinet de relations publiques…

— Non, je rêve d'être heureuse.

J'en ai toujours rêvé. Seulement, j'ignorais ce qui aurait le pouvoir de m'apporter le bonheur avant de rencontrer cet homme insupportable.

— Et tu penses que je peux t'y aider ?

Il passe une main nerveuse sur son visage, trop lentement pour que je ne puisse pas voir son air horrifié.

— Bon sang, Daisy ! reprend-il. Je ne peux pas être responsable de ton bonheur, alors que je suis si perdu moi-même.

— D'après qui ?

— Mais je le sais bien, bon sang !

Sa voix a pris des accents aigus qui attirent l'attention de plusieurs passagers, et nous avons droit à des regards inquiets.

Je m'en moque. Je ne vois que Hart et j'ai bien l'intention de lui faire comprendre que nous pouvons réussir, s'il accepte d'affronter enfin ses peurs et de nous donner une chance.

— Écoute, on pourrait…

— Non, c'est toi qui m'écoutes. Je ne peux pas être l'homme que tu attends. Tu mérites mieux, affirme-t-il d'une voix un peu brisée. Et je suis incapable de te donner ça.

Un flot de larmes me monte aux yeux, mais je refuse de laisser paraître la moindre faiblesse. Il faut que je sois forte pour nous deux.

— Je ne te laisserai pas, dis-je si doucement qu'il doit se pencher pour m'entendre. Je ne suis pas lâche, tu le sais. Ça m'a été inculqué depuis ma naissance. Je ne baisse pas les bras facilement.

— Ah bon ? Tu as pourtant quitté ton abruti d'ex-fiancé, avec son prénom de fantôme ! Et tu viens de quitter ton boulot. Qui me dit que tu ne feras pas la même chose avec moi ?

Il marque un point.

— Je ne peux rien te promettre. Tu sais que la vie ne fonctionne pas comme ça. Mais je suis prête à prendre le risque, parce que je crois en nous. Et toi ?

Il ne me répond pas tout de suite et je vois défiler son combat intérieur sur son visage expressif. Terreur. Espoir. Regret. Angoisse.

Quand il finit par poser sa main sur la mienne, abandonnée sur ma cuisse, je sens que j'ai gagné.

— Accorde-moi une faveur, dit-il. Accompagne-moi à Sydney. Vois de tes propres yeux les problèmes qui me minent et, après, tu pourras prendre ta décision.

Bon, mon soulagement est de courte durée. Mais je peux le faire. Il essaie de me faire peur pour que je fuie ? Qu'il y vienne !

— Tu crois vraiment que je vais changer d'avis après ça ?

Je me penche et ajoute à son oreille :

— C'est toi que je veux.

Il serre ma main, puis la relâche.

— Tu confonds le sexe avec une chose plus…

— Ne fais pas ça !

Je lui frappe le torse. Fort.

— Ne minimise pas ce que nous partageons.

À sa décharge, il semble accuser le coup et baisse les yeux d'un air intimidé.

— Bien. Donc, nous vivons quelque chose qui dépasse l'expérience physique, aussi fantastique soit-elle. Mais je ne connais rien aux relations stables, sache-le. Je n'en ai jamais eu.

— Parce que tu es trop occupé à t'enfuir dès que les choses deviennent sérieuses.

Je soupire et me rapproche un peu de lui pour que nos bras et nos cuisses se touchent.

— Dis-moi pourquoi tu es parti si vite de Gem Island.

Il me jette un rapide coup d'œil, puis se détourne, l'air coupable.

— J'avais rendez-vous avec le fondateur de l'association pour les enfants placés…

— Non. Je veux la vraie raison, dis-je en le poussant un peu avec mon épaule.

Il met un temps fou à me répondre et je retiens

mon souffle. Si seulement il pouvait admettre la vérité, maintenant.

— Parce que j'ai compris que je commençais à avoir des sentiments pour toi. Je suis parti le premier pour que tu n'aies pas l'occasion de m'abandonner à ton tour.

Cette fois, un immense soulagement m'envahit. Je ne peux réprimer un petit sourire.

— C'est mieux. Enfin, je ne parle pas de ton raisonnement, qui est absurde, mais du fait que tu l'aies enfin reconnu.

— Ça ne change rien, affirme-t-il en croisant les bras tout en s'écartant. Je ne suis pas l'homme qu'il te faut.

— Pourquoi ne me laisses-tu pas juge de ça ?

J'indique l'ordinateur d'un petit signe du menton et ajoute :

— Maintenant, signe-moi ça pour que je puisse mettre en ligne ta fabuleuse campagne de pub et réserver une place de dernière minute sur ce vol.

Il sursaute, comme s'il ne s'attendait pas à ce que j'embarque en même temps que lui.

— Je doute que tu trouves de la place au dernier moment.

— On parie ?

D'un geste théâtral, je lui montre les nombreux sièges vides dans l'espace d'embarquement.

Il pousse un petit soupir.

— C'est moi qui insiste pour que tu viennes. La moindre des choses, c'est que je paie ton billet.

— D'accord ! De toute manière, je suis au

chômage et les billets de dernière minute coûtent une fortune.

Si ma rapide capitulation le surprend, il n'en montre rien.

— Dans ce cas, laisse-moi signer ce document et je te réserverai un billet en ligne.

Je lui passe mon ordinateur sans pouvoir m'empêcher de tambouriner du bout des doigts sur ma cuisse avec impatience. J'ai hâte qu'il en finisse, pour qu'il n'ait pas le temps de changer d'avis : le fait qu'il m'ait proposé de l'accompagner à Sydney, même dans l'espoir de me faire peur, est un grand pas. Je ne m'y attendais pas. Je pensais qu'il me faudrait négocier encore longtemps – après l'avoir retrouvé, ce qui n'était pas gagné d'avance. Je pensais qu'il résisterait beaucoup plus, qu'il coopérerait moins facilement.

— Voilà, c'est signé ! Je m'occuperai de la copie papier plus tard, déclare-t-il en me tendant l'ordinateur, avant de tirer son téléphone de sa poche.

Il accueille mon sourire radieux d'un air soupçonneux tandis que ses doigts absents glissent sur l'écran. Puis il consulte le site des réservations et fronce les sourcils. Mon cœur se serre. Je n'aurai pas de place sur ce vol.

Quand il retourne le téléphone pour me montrer l'écran, cependant, je ne peux réprimer un nouveau sourire.

— Navrée de te décevoir, mais là, je crois que je vais pouvoir prendre le même avion que toi !

Il grimace davantage encore.

— Apparemment, oui.

— Tu crois qu'être assise à côté de toi serait trop demander ?

Il lève les yeux au ciel, mais je perçois une esquisse de sourire au coin de ses lèvres.

— Ma parole, je vais devoir te supporter pendant une heure vingt de vol…

— Youhou !

J'effectue une petite danse de la victoire, assise sur ma chaise.

Sa moue disparaît.

— Tu vois ? Tu es folle, c'est clair.

J'acquiesce dans un murmure :

— Folle de toi…

Voit-il dans mes yeux à quel point il compte pour moi ?

Quand il se penche pour effleurer mes lèvres, je soupire d'aise.

Ce bonheur, que je ne fais que pressentir, est plus proche de moi que jamais…

27.

Hart

Je n'aurais jamais dû accepter de faire ça.

J'aurais dû mentir et dire à Daisy que le vol était complet. Ça m'aurait épargné cette nouvelle torture.

Nous sommes dans les airs depuis trente minutes et il nous reste moins d'une heure avant l'atterrissage. Je ne tiendrai pas le coup, avec Daisy qui me touche sans cesse. Je ne sais pas si c'est conscient, si c'est sa manière de me faire comprendre ce que je rate, ou si c'est un réflexe chez elle. Quoi qu'il en soit, elle est en train de me rendre fou.

Elle flirte avec moi, aussi, et je n'arriverai pas à résister éternellement. Après tout, je suis un homme et Daisy est une femme sexy avec laquelle j'ai couché, que j'ai léchée, goûtée et qui m'a laissé entendre ses gémissements de jouissance.

Mon sexe reste droit et rigide depuis l'instant où elle s'est assise à côté de moi. Je suis une cause perdue !

— Des noix ?

Mes testicules palpitent. J'ai envie de répondre :

« Tu n'as pas idée. » Mais elle me tend un sachet de noix de cajou et je fais de mon mieux pour cacher ma déception.

Elle se penche sur moi et je sens sa poitrine contre mon bras. Je serre les dents.

— Non, merci.

Je garde les yeux fixés devant moi et redresse ma tablette. Mauvaise idée : son regard descend tout de suite à mon entrejambe et à mon pantalon déformé par mon érection massive.

— Oh là là…, murmure-t-elle en pressant encore plus ses seins contre moi.

Clairement, tout ce manège pour me toucher est bien délibéré.

— Si seulement je pouvais t'aider à régler ce problème…

Il n'en faut pas plus pour éveiller dans mon esprit des images sensuelles d'elle, les lèvres refermées sur mon sexe, en train de me caresser avec sa langue si talentueuse, de me sucer…

J'étouffe un gémissement involontaire et elle a l'audace d'éclater de rire.

— Quel dommage que ce ne soit pas un vol long-courrier… On aurait pu se faire plaisir à haute altitude.

Elle se redresse et je regrette immédiatement la chaleur de sa poitrine contre mon bras.

— On pourrait peut-être s'envoler pour Auckland, la prochaine fois ? propose-t-elle avec un clin d'œil. Trois heures et demie, ça devrait suffire.

— Arrête, tu me tues !

Je remue sur mon siège. Ça ne soulage pas la tension entre mes jambes. Je change donc de tactique et attrape un magazine pour cacher mon érection avant que le personnel de bord s'en aperçoive.

— Pas encore, répond Daisy. Mais laisse-moi un peu de temps en tête à tête et…

Je l'embrasse. C'est la seule méthode efficace que je connaisse pour la faire taire. Mais je n'ai pas vraiment réfléchi, parce qu'à l'instant même où ses lèvres s'entrouvrent sous les miennes, je me sens partir. Je me perds dans cette attirance infatigable qui nous lie, ce désir de la posséder, ce besoin qu'un simple baiser ne saura pas combler.

Au bout d'un moment, je m'arrache à elle, le souffle court. Et pourtant, tout mon corps en réclame davantage ! J'entends une toux discrète suivie d'un regard désapprobateur de la part du couple âgé assis de l'autre côté de l'allée. À quelques rangées devant nous, le steward qui sert des boissons lève le pouce avec un sourire.

— C'était inattendu, déclare Daisy, les joues rouges et les yeux écarquillés, en caressant ses lèvres du bout du doigt. Maintenant, je regrette vraiment qu'on ne soit pas sur un vol international.

— Arrête de me provoquer, dis-je avec autant de sévérité que possible. Attends qu'on ait atterri.

— Après ça, ce sera libre-service ?

Je gémis et presse ma main contre mon front.

— J'ai la migraine…

— Lequel des deux cerveaux te fait si mal ?

Je fais de mon mieux pour rire et elle sourit.

L'espace d'un instant, nous sommes en parfaite harmonie – ce que je n'aurais jamais cru possible avec n'importe quelle autre femme.

La revoir si vite, me retrouver si proche d'elle et goûter de nouveau à nos petites joutes verbales me fait comprendre à quel point elle va me manquer quand les choses seront définitivement terminées entre nous. Et ça ne devrait pas tarder, je compte bien m'en assurer.

Elle ne veut pas m'écouter. Elle ne me croit pas quand je lui dis que je ne suis pas fait pour elle. Alors, je vais le lui prouver.

C'est la seule idée qui m'est venue sur le moment, quand je me suis retrouvé au pied du mur, acculé par ses arguments. Il faut que je la conduise là où j'ai passé tant d'années dans ma jeunesse, qu'elle comprenne ce qui pousse les enfants comme moi à rejeter tout individu assez imprudent pour s'approcher.

Je ne suis pas complètement idiot. Je sais que mon cœur s'est fissuré, qu'il a commencé à s'ouvrir à elle. Mais je ne peux pas m'impliquer à cent pour cent ; pas de la manière qu'elle espère et mérite.

C'est bien ce qui me trouble le plus, dans notre relation bancale. Elle mérite un homme parfait, une maison parfaite, bref : un rêve idéal. Seulement, elle ne le sait pas.

Elle est tombée amoureuse de moi, et c'est réciproque. Mais je suis assez fort pour prendre la bonne décision et partir, tandis qu'elle est en train de s'imaginer un destin de conte de fées.

Une fois à Sydney, je lui montrerai que les contes de fées n'existent pas.

— Tu es bien silencieux, tout d'un coup, me lance-t-elle en me décochant un petit coup dans l'épaule. Serais-tu en train d'imaginer tous les moyens possibles pour soulager tes tensions ?

Mon sexe se redresse d'un coup.

— Tu m'as promis de ne plus me provoquer avant l'atterrissage.

Elle lève les mains, avec une grimace de surprise feinte.

— Hé, je te parlais juste d'un massage. Est-ce que c'est ma faute si tu perçois des sous-entendus là où il n'y en a pas ?

— Tu es incorrigible.

— Merci !

Elle se fend d'une révérence moqueuse sur son siège. Son sourire fait pétiller ses yeux et mon cœur se serre.

Je pense peut-être qu'il me sera facile de la quitter.

Je sais peut-être que c'est la meilleure chose à faire.

Mais quand j'en arriverai à couper les ponts pour de bon, ça risque de me briser en mille morceaux…

28.

Daisy

Je ne joue pas selon les règles.

J'ai fait tout mon possible pour dérider Hart pendant le vol et, en atterrissant à Sydney, j'ai presque envie de crier ma victoire.

Je voulais lui montrer ce qu'il ratera s'il ne nous accorde pas une chance. J'ai réussi ; et j'ai même décroché un bonus en voyant qu'il avait autant envie de moi que moi de lui. Mais découvrir son érection a aussi été un problème. J'ai failli perdre le contrôle de moi-même, tant j'avais envie de me jeter sur lui.

J'ai peut-être gardé mon sourire, mais je brûlais à l'intérieur. Jamais encore je n'ai ressenti une telle fièvre, le genre qui vous pousse dans les bras d'un homme sans réfléchir. Un désir irrationnel et inconcevable.

Je n'ai jamais imaginé faire des cochonneries avec quelqu'un dans un avion, mais rester assise à côté de Hart, me frotter délibérément à lui, le provoquer n'a fait qu'attiser mon excitation jusqu'à la rendre insupportable.

Nous nous joignons à la file de passagers qui attend les taxis devant l'aéroport et, bien vite, nous nous retrouvons dans le confort d'un véhicule climatisé. Ça fait des années que je ne suis pas revenue à Sydney. J'avais oublié à quel point l'humidité fait friser mes cheveux…

Hart n'a pas dit grand-chose depuis le débarquement, mais je sens la tension qui crispe ses mâchoires et les muscles de son cou. Peut-être que je l'ai un peu trop poussé, mais je m'en moque. Il a besoin qu'on le secoue un peu pour le tirer de son obsession solitaire.

— Où allons-nous ?

— Tu verras bien.

Je hausse les épaules, agacée.

— Tu sais que ton grand projet pour me faire fuir en courant ne fonctionnera pas, hein ?

Il garde les yeux rivés droit devant lui, sans doute pour me faire croire qu'il ne m'entend plus.

Je lui frappe le bras.

— Hé ! Je te parle.

Il se tourne lentement, n'ayant clairement aucune envie de me regarder en face et, en découvrant son expression, je comprends pourquoi. Il souffre. Le genre de douleur que je connais bien, parce que c'est exactement celle que j'ai ressentie sur Gem Island, quand j'ai appris qu'il était parti sans même me laisser un mot.

— Ce n'est pas un jeu, déclare-t-il d'une voix étranglée.

Son regard trahit une telle agonie que j'ai envie de déboucler ma ceinture pour le prendre dans mes bras.

— Je veux te faire comprendre d'où je viens, pourquoi je suis ce que je suis, et pourquoi je n'ai rien à t'offrir.

— Je ne te demande rien, dis-je en posant ma main sur sa cuisse. Je veux juste explorer ce que nous avons commencé à vivre sur ton île. C'est tout. Sans rien attendre de plus.

Il contemple ma main comme si elle le brûlait, avant de la recouvrir de la sienne avec une mauvaise grâce évidente.

— On attend toujours des choses.

Je serre sa cuisse et il frémit.

— OK, alors parlons de mes attentes. J'*espère* que nous allons finir ce que nous avons entamé dans l'avion. J'*espère* que tu me feras crier, parce que je suis sur des charbons ardents. Et, si tu as vraiment l'intention de me quitter dans l'heure qui vient, j'*espère* que tu m'emmèneras quelque part où nous pourrons mettre fin à ce flirt/cette aventure sans lendemain/cet amour passager, quel que soit le nom que tu veux lui donner, avec les honneurs qu'il mérite.

Sa main agrippe la mienne si fort qu'il m'écrase les tendons. Je ne dis rien. Parce que je sens que mon petit discours a réveillé quelque chose en lui. Ses yeux luisent comme des pierres polies et descendent lentement jusqu'à mes lèvres.

Il en a envie. Il me désire.

— Oui, tu me tues, murmure-t-il, avant de se pencher vers le chauffeur et de lui indiquer une adresse dans Darlinghurst.

— Tu as intérêt à me conduire dans un hôtel, dis-je dans un souffle quand il se cale de nouveau au fond de son siège.

Il me jette un regard plus lascif que jamais.

— Et toi, tu as intérêt à te servir de ta bouche pour autre chose que des critiques quand nous arriverons dans cet hôtel, renchérit-il.

Dans sa voix, je perçois une pointe d'amusement mêlé de réticence.

— Oh ! J'y compte bien. Fais-moi confiance !

Je remonte mes doigts le long de sa cuisse et il m'arrête juste avant que j'atteigne le jackpot.

— Tu ne sais pas ce qui t'attend, Daisy…

Nos regards se croisent, hantés par le même désir brûlant, et j'ai hâte de plonger la tête la première dans les « ennuis » qu'il me promet.

Il retourne sa main et nos doigts se mêlent. Nous restons assis en silence, les mains jointes, pendant le quart d'heure que dure encore le trajet. Ça me convient. J'aime le calme. Il me donne l'occasion de réfléchir à ce que je vais lui dire plus tard, quand il essaiera – inévitablement – de me repousser.

Je suis encore plongée dans mes pensées quand le taxi s'immobilise devant l'hôtel. C'est un établissement plutôt miteux, bien loin du palace cinq étoiles que j'imaginais. Ce n'est pas que je sois snob ou que j'attende de Hart qu'il dépense une fortune pour une partie de jambes en l'air avec moi ; mais je suis étonnée qu'il ait choisi cet endroit pour notre séance de sexe réconciliatrice.

À moins que… À moins qu'il ait réellement l'intention de me quitter sans remords et que le lieu lui importe peu.

Cette pensée m'attriste, mais je m'efforce d'épingler un sourire sur mes lèvres pendant qu'il paie le chauffeur et m'aide à descendre de voiture. Il n'a pas lâché ma main et il me dévisage. Cherche-t-il dans mon regard une preuve que je le juge ?

— Tu es prêt ? dis-je avec un entrain forcé.

Je lui serre la main et vois une ombre de déception traverser ses yeux.

Oh oui, m'amener ici s'inscrit dans son grand projet de rupture, mais il est hors de question que je lui donne satisfaction.

— Tout à fait prêt, dit-il sans vraie conviction, avant de me faire entrer dans le hall.

Le décor n'a rien à voir avec ce à quoi je m'attendais en découvrant la façade décrépie. Les propriétaires ont donné au lieu une sorte de charme à l'ancienne, depuis les carreaux noirs et blancs au sol jusqu'aux lampes de laiton lustré qui éclairent les divans de velours rouge installés dans les coins.

Le hall n'est pas très grand, mais il offre un confort accueillant et j'éprouve une pique de jalousie à l'idée que Hart ait pu amener d'autres femmes ici.

— Accorde-moi un instant…

Il me lâche la main et s'approche de la réceptionniste – une blonde d'une soixantaine d'années qui aurait très bien trouvé sa place sur un des divans, enveloppée dans un kimono vintage.

Il lui tend sa carte bleue, signe un reçu et empoche la clé qu'elle lui tend. Une vraie clé à l'ancienne, et pas l'une de ces cartes magnétiques que les hôtels modernes utilisent de nos jours.

Je me sens soudain terriblement nerveuse – ce qui est absurde, sachant que tout ça est mon idée. Dès que j'ai envoyé mon mail de démission à Alf, j'ai enclenché le mécanisme. Trouver Hart. Suivre mon cœur.

Et si je m'étais trompée ?

Et si cet hôtel n'était pour lui que le décor d'une ultime partie de jambes en l'air rapide ?

Si, ici, il refusait définitivement de me faire une place dans son cœur et dans sa vie ?

— La chambre est au deuxième étage, dit-il. Il n'y a pas d'ascenseur, on va devoir prendre l'escalier.

Il me tend la main et je sais sans l'ombre d'un doute qu'il m'ouvre une dernière porte. Une dernière chance pour moi de tourner les talons et de fuir.

Je contemple sa paume ouverte : la longue ligne de vie, la ligne de cœur presque inexistante, et ces grands doigts si forts qui ont déjà exploré chaque centimètre de mon corps.

Une terreur incontrôlable me fait soudain frissonner.

Mais je ne peux pas tourner les talons maintenant.

Je dois au moins être sûre d'avoir fait tout ce qui est en mon pouvoir pour que ça marche.

Je ne peux pas abandonner après être allée si loin.

— Quel dommage qu'on soit obligés de monter à pied. Je ne voudrais pas que tu t'épuises, dis-je en plaçant ma main dans la sienne.

Il me tire brusquement. Sous le coup de la surprise, je perds l'équilibre et atterris dans ses bras.

— Ne me dis pas que tu doutes de mon endurance ?

Il presse son érection contre mes cuisses et se frotte un peu à moi.

— De ton endurance, non, mais de ta santé mentale, un peu. Pourquoi est-ce que tu perds ton temps à m'exciter ici, quand on pourrait déjà être nus là-haut tous les deux ?

Il se penche sur moi et me mordille le cou, ce qui provoque une réponse immédiate sous la forme d'une chair de poule sur tout mon corps.

— Tu t'es bien amusée à m'exciter dans l'avion, toi ! Maintenant, tu vas le payer cher...

— Promesses, promesses, lui dis-je à l'oreille avant de lui mordre le lobe, assez fort.

Il ne recule pas, mais je l'entends gémir.

— Allez, viens !

Nous traversons le hall – vite – et nous nous engageons dans la cage d'escalier rococo qui s'enroule autour de son axe jusqu'au troisième étage de l'immeuble.

— Tu n'aurais pas pu choisir une chambre au

rez-de-chaussée ? dis-je, alors que nous atteignons le premier palier d'un pas soutenu.

— Je ne voulais pas qu'on t'entende crier quand je commencerai à te lécher.

Aucune réponse convenable me vient à l'esprit, mais l'humidité brûlante entre mes cuisses me donne envie de courir. Je me mets à monter les marches quatre à quatre et il m'imite. Quand nous arrivons enfin à notre étage, j'ai le souffle court – et ça n'a rien à voir avec l'escalier.

— Chambre deux cent-deux, annonce-t-il.

Il est si pressé de me déshabiller qu'il prend le couloir dans le mauvais sens. En tout cas, j'espère bien que c'est la raison.

— À gauche, dis-je en lui montrant le panneau vissé au mur.

Il étouffe un juron et s'élance dans l'autre sens.

Nous courons presque jusqu'à la chambre, au bout du couloir. Il essaie de glisser la clé dans la serrure, rate le trou et je glousse. Il me lance un regard diabolique et tente une seconde fois sa chance. Le verrou glisse sans la moindre résistance.

Il pousse la solide porte d'acajou et s'efface pour me laisser passer la première. Il referme derrière nous sans un mot. J'ai à peine le temps de contempler la petite chambre digne d'une maison close des années cinquante – tapis, rideaux et draps rouges, abat-jour mauves, fauteuil inclinable et bureau de vinyle, le tout orné de dorures – avant qu'il se jette sur moi. Il attrape mes poignets et les maintient au-dessus de ma tête en me plaquant au mur. Son corps se presse contre le mien.

C'est exactement ce que je veux.

— Tu me rends fou, murmure-t-il.

Il m'embrasse avec une fougue qui me fait frémir jusqu'au creux des cuisses, là où je veux le plus le sentir.

Mes tétons se tendent, pressés de sentir ses lèvres sur eux. Comme s'il lisait dans mes pensées, il se penche et les mord à travers mon chemisier de coton. Il ne se retient pas et la douleur se mêle au plaisir.

Je suis incapable de rester en place. Je me tortille sous lui, perdant le contrôle de mes hanches. Il tient toujours mes poignets d'une main et se sert de l'autre pour ouvrir violemment mon chemisier. Heureusement, ce sont des boutons-pression.

Puis, sans prévenir, il me dévore. Ses lèvres explorent ma clavicule, ma gorge, et finalement mes tétons après avoir dégrafé mon soutien-gorge dans mon dos.

Il embrasse, et lèche, et suce, de gauche à droite, laissant ma peau moite sur son passage. Puis il souffle imperceptiblement sur mes tétons trop sensibles et je me cambre davantage.

— Par pitié, Hart… Ne me fais pas supplier.

Un petit sourire illumine son visage.

— Ça pourrait être amusant, pourtant.

— Non. Toi. En moi. Maintenant.

Mon accès d'autorité le fait rire.

— OK !

Il me relâche les poignets et mes bras retombent sans force le long de mon corps. J'ai des fourmis partout, mais ce n'est sans doute pas à cause du manque de circulation : ça s'étend partout, depuis ma poitrine qu'il contemple comme si c'était la plus belle chose qu'il ait jamais vue jusqu'à mes orteils.

— Mais d'abord, il y a une chose que je voudrais faire.

Il s'agenouille et baisse d'un même geste ma jupe et ma culotte. Il n'y a pas d'attente, pas de préliminaires. Sa bouche se plaque à moi et je gémis de plus belle.

Sa langue presse mon clitoris juste comme j'aime, avec un rythme parfait qui… Je suis à cran depuis le taxi et mes muscles se crispent très vite. Le plaisir monte, échappe à mon contrôle et mon orgasme frappe comme une balle. Je ne suis plus sûre de tenir sur mes jambes.

Je ne me rends même pas compte que je bouge avant qu'il attrape mes hanches pour les figer et pose un dernier baiser chaste juste au-dessus de mon sexe.

Puis, en quelques secondes, il ouvre sa braguette, enfile un préservatif et me pénètre. Son premier coup de reins est puissant, long, implacable. Il m'arrache un soupir de contentement.

Je veux ça tout le temps.

Je veux *cet homme* tout le temps.

Pas juste à cause des sensations qu'il sait réveiller en moi ni parce que aucun homme ne m'a jamais fait jouir comme lui, mais parce que je mérite ça.

Je mérite cet homme, même s'il se croit indigne de qui que ce soit.

Sa bouche retrouve la mienne, dans un baiser étrangement doux comparé au rythme effréné de ses hanches. Dedans. Dehors. Si fort. Si bon. Encore et encore jusqu'à ce que l'orgasme revienne de plus belle, prêt à me déchirer comme une tempête.

Mes cuisses se mettent à trembler et il plie un tout petit peu les genoux pour pousser le plus possible en moi. Ça suffit à me faire basculer et je crie contre ses lèvres. Ma réaction lui fait davantage perdre la tête et il poursuit son va-et-vient si brutalement que je me retrouve sur la pointe des pieds, la tête cognant presque le mur.

Nous ne nous en rendons pas compte et il continue à m'embrasser. Quelques secondes plus tard, il jouit à son tour. Une fois les vagues passées, il s'arrache à mes lèvres et me contemple comme si je venais de lui faire le plus beau cadeau du monde.

L'intensité de son regard est désarmante. Je n'arrive pas à déchiffrer ses émotions et nous restons quelques instants immobiles comme ça, avec son sexe encore en moi, nos corps poisseux de sueur et le souffle court, poussif. Je ne sais soudain plus ce qui me trouble le plus : qu'il ait presque l'air inquiet et hésitant malgré l'adoration tendre de ses yeux, ou que je sois terrifiée à l'idée de l'avoir perdu au moment où je me décidais enfin à suivre mon cœur.

29.

Hart

Ma santé mentale ne tient qu'à un fil.

Je n'aurais jamais dû laisser Daisy me détourner de ma voie.

Bon sang, on croirait entendre un gamin naïf ! C'est stupide ! Dès l'instant où je l'ai aperçue dans l'aéroport de Melbourne, j'ai eu envie d'elle et la férocité de mon désir a ébranlé toutes mes certitudes.

J'ai délibérément choisi de l'emmener dans un hôtel près de Cross, pour qu'on aille ensuite à pied jusqu'à la rampe de skateboard. Mais maintenant que l'heure est venue, j'hésite. Je préférerais rester à jamais enfermé dans cette chambre.

Cette pensée suffit à me faire bondir du lit. Je me précipite sous la douche et sors dans la rue sans me laisser le temps de réfléchir. Daisy m'emboîte le pas.

Elle sait que je cours. Elle n'a rien dit, parce qu'elle est encore droguée aux endorphines et au sexe. Mais elle le remarquera tôt ou tard. Et j'ai peur. Au moment où je lui aurai enfin montré qui je suis vraiment, elle me laissera tomber, comme tout le monde. Elle reculera.

Je compte dessus.

— C'est encore loin ?

— Non.

Depuis que nous avons quitté l'hôtel, il y a cinq minutes, je n'ai pas pu prononcer le moindre mot de plus d'une syllabe.

— Est-ce que j'ai au moins droit à un indice sur ta grande révélation ?

— Non.

— Tu ne perds pas ton temps en bavardages. J'aime ça !

Je lui lance un regard meurtrier, mais il rebondit sur elle comme le soleil sur ses cheveux. La journée a été longue, la nuit tombera bien assez tôt sur ses illusions, mais pour l'instant elle a l'air fraîche comme… une fleur. Zut, maintenant, même mes pensées deviennent cliché.

— Il n'y a rien que je puisse dire pour te faire réagir ?

— Non.

Elle s'arrête un instant, un sourire moqueur aux lèvres.

— Alors, tu aimes les réponses en un mot, toi aussi ?

— J'adore.

— Menteur ! réplique-t-elle en me prenant la main.

Je la laisse faire. Certes, je veux la chasser définitivement de ma vie, mais si je peux le faire sans trop la faire souffrir, je suis prêt à des concessions.

Nous passons un coin de rue, descendons un autre pâté de maisons et arrivons enfin. La vieille rampe de skate-board se dresse dans une des allées les moins recommandables de cette banlieue glauque, connue pour ses prostituées, ses macs et ses trafiquants de drogue. King's Cross a toujours attiré les foules, depuis les touristes curieux jusqu'aux jeunes en quête de bon temps. Mais sa façade clinquante cache de nombreux péchés, et je les ai tous côtoyés de près.

Les enfants qui traînent près de la rampe se cachent de quelque chose, fuient quelque chose, ou les deux. C'était mon cas, à l'époque.

Nous nous arrêtons à quelques pas de là, derrière une clôture à moitié démolie chargée de chaînes. L'endroit n'a pas beaucoup changé. Il y a toujours le rectangle de béton craquelé, sur la gauche, terminé par un panier de basket et les quelques rampes de tailles différentes à droite. Des groupes d'enfants sont rassemblés des deux côtés. Certains font du skate, d'autres se passent un ballon de basket. Tous ont le même regard méfiant, les mêmes gestes furtifs, les mêmes moues sombres.

— Quel est cet endroit ? demande Daisy.

— Une échappatoire pour les gamins, surtout des enfants placés et des fugueurs.

Je lui montre un petit cabanon de tôle, près du panier.

— C'est là que se passent les ventes de drogue.

J'indique ensuite d'un geste l'allée qui part en serpentant derrière les rampes.

— Là-bas, les pervers aiment traîner et aborder les gosses prêts à tout pour un peu d'argent.

Je dois reconnaître que Daisy a du cran : elle ne recule pas avec dégoût comme je m'y attendais. Mais la tristesse qui envahit son regard, qui déforme son beau visage, me fend le cœur.

— Tu venais ici toi aussi.

C'est une affirmation qui cache mal les dizaines de questions qu'elle tait. Je voudrais qu'elle me les pose. Je veux avoir une chance de la choquer, de la faire fuir.

— Oui, je venais ici dès que j'en avais l'occasion. J'avais onze ans et ma vie était un cauchemar. Les gamins que je retrouvais là étaient les seuls à me comprendre.

Elle serre ma main dans la sienne.

— Parle-moi de ce cauchemar.

Non, surtout pas. Parler ne mène à rien. Combien de psychologues à la noix ont voulu m'aider à m'ouvrir ? Des dizaines. Ils ne sont arrivés à rien. Je leur sortais le discours habituel : je suis triste parce que je n'ai pas de parents, je suis en colère parce que je dois vivre chez des étrangers qui se fichent complètement de moi, je suis méchant parce que ça me permet d'attirer l'attention. En réponse, ils répétaient tous les mêmes platitudes, incapables de comprendre ce vide qui me vrillait la poitrine chaque jour.

Daisy me regarde, pleine d'attente, et je sens que

je dois lui dire quelque chose, maintenant que je me suis engagé sur ce terrain.

— C'était un cauchemar habituel pour les enfants comme moi. Attiser ma propre colère pour repousser les autres, les effrayer, leur faire croire que j'étais un dur avant qu'ils aient une chance de me blesser. Être étiqueté « sale gosse » à cause de ça. Faire toutes sortes de conneries pour maintenir tout le monde à distance. Faire mal avant que ce soit les autres qui m'atteignent.

— Tu as dû supporter tant d'épreuves !

Elle se penche vers moi et appuie sa tête contre mon bras. Elle ne se fend pas d'excuses empreintes de pitié et ça me surprend.

— Je sais que rien ne pourra effacer ce que tu as traversé, mais tu es quelqu'un d'extrêmement fort. Je pense que ce sont toutes ces expériences qui t'ont façonné comme ça…

Oui, c'est une certitude. Mais pas d'une bonne façon. Je suis incapable de me débarrasser de mes réflexes de fuite. Ils sont gravés en moi, maintenant. C'est ce que je suis. Même la foi inébranlable et imméritée que Pa avait en moi n'a pas su me faire fléchir. Il a tout mis en œuvre pour que je reste auprès de lui : il m'a fait confiance, il m'a aimé, adoré même. Je suis quand même parti.

Bien qu'il ait su cacher ses sentiments, j'ai conscience de lui avoir brisé le cœur, comme je m'apprête à briser celui de Daisy. Mais c'est une faveur que je lui fais, de la repousser avant qu'il soit trop tard. Ce sera beaucoup plus facile comme ça.

— Tu vois les gamins qui jouent au basket ?

Elle acquiesce en frottant sa joue contre mon bras. C'est si bon de la sentir contre moi ! J'en profite autant que je peux, car ça ne va plus durer longtemps, maintenant.

— Ils vont bientôt se jeter les uns sur les autres et se battre.

— Pourquoi ?

— Parce que la colère est une infection qui s'aggrave toujours plus et parce que se défouler en lançant un ballon dans un panier ne suffit pas.

Comme si c'était écrit, l'un des enfants, un garçon maigrichon aux cheveux décoiffés se jette la tête la première sur le torse d'un autre gosse ; et la bagarre commence. Les garçons se poussent, se frappent, les poings volent et quelques coups de pied jaillissent.

Daisy étouffe un cri quand un gamin tombe par terre, victime d'un coup de pied dans le ventre qui le plie en deux et le fait rouler au sol. Après ça, la bagarre prend fin comme par magie et les enfants reprennent leur partie de basket. Au bout de quelques minutes, le garçon au sol se relève et va rejoindre les autres.

— Tu voulais que je m'interpose, c'est ça ? dis-je.

Daisy lève les yeux vers moi. De grosses larmes coulent sur ses joues. Ma gorge se noue.

— Oui, murmure-t-elle.

— Ça n'aurait fait qu'aggraver les choses. Ils n'auraient pas supporté de voir un adulte se mêler de leurs bagarres.

Je lâche un rire amer, sans le moindre amusement.

— Crois-moi : je le sais. Ça m'est déjà arrivé et j'ai les cicatrices pour le prouver.

— C'est de là que vient ta cicatrice sur la hanche ? Et celle du bas de ton dos ?

Elle a l'air sur le point d'éclater en sanglots et ça aurait pu m'achever, si ce n'était pas exactement ce que je cherchais en venant ici avec elle. Je veux qu'elle comprenne pourquoi nous ne pourrons jamais être ensemble.

— Oui. Je me battais avec un sale gamin et un passant a essayé d'intervenir. La bagarre a empiré, certains ont tiré des couteaux et j'ai reçu deux coups de lame.

Elle plaque une main contre ses lèvres.

— Ils t'ont poignardé ?

— C'étaient des coups perdus, rien de profond, mais ça m'a fait un mal de chien.

Elle enfouit le visage dans ma poitrine et je n'ai pas d'autre choix que la prendre dans mes bras. Je voudrais plonger le nez dans ses cheveux pour m'enivrer de son parfum jusqu'à en avoir le vertige, mais je me retiens.

Puisqu'il faut que je la choque le plus possible, je continue à parler.

— En fait, le couteau m'a moins fait mal que de recevoir toutes ces insultes dont on m'abreuvait chaque jour et que je n'oserais pas te répéter, ou encore de m'entendre dire sans cesse que je ne servais à rien, jusqu'à ce que j'y croie. Ou même d'être tellement furieux de savoir ma vie détruite, que je frappais tous les gamins à ma portée dès que j'en avais l'occasion…

— Tais-toi !

Elle me repousse et se redresse pour me dévisager. Ses joues sont humides de larmes et ses yeux rouges.

— Je comprends. Tu penses que je vais être dégoûtée par tout ce que tu as pu traverser et que je refuserai de rester avec toi, maintenant que je sais.

Elle secoue la tête et de nouvelles larmes perlent au coin de ses yeux.

— Mais je t'ai… Je t'apprécie, et tout ce que tu me racontes me brise le cœur.

Dans ce cas-là, on est deux ; parce que je sais que quitter Daisy va être l'épreuve la plus dure de ma vie.

— Si je te dis tout ça, c'est pour te faire comprendre pourquoi je ne pourrai jamais être avec quelqu'un.

Je prends son visage en douceur, caresse les lobes de ses oreilles avec mes pouces et me penche pour bien me faire entendre.

— Je suis brisé à l'intérieur, Daisy. Je ne peux pas oublier les horreurs que j'ai vécues, quoi que je fasse. Et, crois-moi, j'ai essayé ! J'ai vu des psys, j'ai pris des médicaments, rien n'a fonctionné. Alors, je supporte le passé de mon mieux en aidant d'autres gamins comme moi. Ça m'apaise un peu, mais ça ne me guérira jamais complètement.

Les larmes se remettent à couler le long de ses joues et sur mes doigts.

— Tu n'as pas besoin d'être guéri, dit-elle. Tu dois seulement laisser quelqu'un t'approcher, et…

— S'il te plaît, ne me dis pas de quoi j'ai besoin.

Je la relâche et recule brutalement. Il est temps que je commence à mettre de la distance entre nous. Ça me fait plus mal que je ne l'aurais cru, plus encore que les coups de couteau d'autrefois.

— Je sais que je ne peux pas te donner plus que ce que je t'ai déjà donné. Et oui, j'admets qu'il n'y a pas eu que du sexe entre nous. Ce que je ressens pour toi, je ne l'ai encore ressenti pour personne. Mais je ne peux pas aller plus loin, Daisy…

Ma gorge se noue, mais je force néanmoins les mots à sortir.

— Je ne peux pas être l'homme que tu attends, désolé.

Sur ce, je me détourne et passe une main sur mes yeux pour qu'elle ne voie pas à quel point j'aurais aimé que les choses soient différentes.

— J'ai amené Pa ici, une fois, pour lui montrer d'où je venais…

— Non. Tu l'as amené pour le repousser, comme tu essaies de le faire avec moi aujourd'hui, coupe-t-elle en posant une main sur mon épaule pour m'obliger à lui faire face. Comment est-ce qu'il a réagi ?

— Il a été bouleversé, comme toi, mais il a essayé de le cacher.

Je ne peux réprimer un gros rire douloureux.

— Il a même eu le culot d'essayer de faire de cette épreuve un bon souvenir pour moi. Il m'a obligé à attendre le départ des autres gosses pour qu'on fasse un match de basket, un contre un…

Ce souvenir m'étrangle soudain.

— C'était un homme bien, et je n'ai pas été à la hauteur pour lui.

— Il t'aimait. Parfois, ça peut suffire.

Surpris, je sonde son regard à la recherche d'une réponse à mes nombreuses questions, mais je finis par me perdre dans l'éclat de ses larmes. Il faut à tout prix que je l'empêche de rêver à un avenir dans lequel nous pourrions être tous les deux ensemble.

— Tu avais raison, tu sais. Quand tu as dit que tous mes problèmes venaient du fait que mon père m'a abandonné.

De nouveau, je me laisse aller à observer les gamins qui jouent de l'autre côté de la barrière.

— Dès l'instant où il m'a laissé tomber, j'ai perdu toute la confiance que je pouvais avoir dans les gens. Je n'ai jamais réussi à la retrouver depuis.

J'indique le panier de basket d'un geste du menton.

— Même le jour où Pa a fait tout son possible pour améliorer le souvenir que j'ai de cet endroit, il m'a déçu. Parce qu'il n'a jamais vraiment compris pourquoi je l'avais amené ici.

Elle fronce les sourcils d'un air confus.

— Pour le repousser, non ?

Je baisse la tête et porte la main à mon cœur, furtivement.

— Non, pas seulement, dis-je. J'avais besoin qu'il prenne en considération tout ce que j'ai traversé. Qu'il comprenne que ça a commencé quand sa fille a décidé de laisser son petit garçon. Peut-être même que j'avais besoin qu'il prenne une part de responsabilité dans tout ça. C'est ridicule, je sais, mais j'avais déjà vécu tant d'années de frustration que j'avais besoin que mon grand-père devienne mon sauveur. Il n'a pas été à la hauteur de mes attentes quand je l'ai conduit ici… et j'ai perdu le peu de foi que j'avais en un avenir meilleur. Pour toujours.

Elle me dévisage de ses grands yeux écarquillés. Ce que je vois dans son regard me terrifie plus que tout le reste : de l'acceptation, de la compréhension, et une bonne dose de pitié aussi.

— Peut-être que cette culpabilité que tu ressens envers ton grand-père… et aussi la sensation que tu as de ne pas avoir été à la hauteur avec lui…

Elle hésite un instant, puis poursuit :

— Peut-être que tu regrettes en fait de ne pas avoir été aussi proche de lui que tu l'aurais voulu. Après tout ce qui s'est passé ici, ta déception ne pourrait-elle pas être la manière que tu as trouvée de justifier tout ça ?

Elle me comprend trop bien et, soudain, je dois bien reconnaître qu'elle a raison – même si ça ne me plaît pas. Si Pa et moi avions vraiment été aussi proches que je l'aurais voulu, j'aurais été présent pour lui pendant les derniers jours. Même avant ça, pendant toutes ces années où je l'ai fui de peur qu'il m'abandonne à son tour.

— Mais sache-le, Hart, tu es digne d'affection,

assure-t-elle en pressant sa main contre mon cœur. Et je n'ai pas l'intention de te laisser tomber.

Je veux la croire. Vraiment. J'ai essayé de toutes mes forces de la repousser, et elle est encore là. Pendant quelques instants, j'envisage sérieusement de baisser les armes.

D'un seul coup, je sens qu'il est possible de tourner le dos à une existence faite de colère et de peur. Et de laisser Daisy entrer dans ma vie. Je peux croire qu'elle ne me décevra pas, qu'elle ne me quittera pas, qu'elle ne perdra pas foi en moi.

Je veux le faire. C'est grâce à elle que je redresse enfin la tête, en cet instant.

J'ouvre la bouche pour parler, mais les mots refusent de sortir. Ma gorge se noue, encombrée par ma terreur à l'idée de faire le grand saut.

Je me surprends à secouer la tête, les dents serrées, et le sanglot qu'elle laisse échapper finit de me briser.

Je tends la main, attendant qu'elle la prenne. Pour que nous laissions enfin mon passé derrière et que nous partions vers un avenir d'éternelle incertitude.

30.

Daisy

Hart pense me connaître, mais il se trompe ; surtout en ce qui concerne mon obstination. Je ne laisse jamais tomber. Jamais. Bien sûr, je le lui ai déjà dit plusieurs fois, mais il ne me croit pas. Il reste sceptique. Vu tout ce qu'il m'a montré devant la rampe de skateboard, je ne l'en blâme pas.

Tandis que nous reprenons la route de l'hôtel, je ne proteste pas, je ne le supplie pas. Ce n'est pas le moment. Ses émotions sont encore trop intenses et j'aurais de toute manière été incapable de ravaler les larmes qui m'étouffent. Nous marchons donc en silence. Il avance vite, comme s'il avait hâte de me laisser derrière lui ; et je cours presque à côté de lui, parce que j'ai peur de le voir s'enfuir à toute vitesse si je lui lâche la main.

Il m'a dévoilé tant de choses sur lui dans son effort pour me pousser à partir… Mais je ne peux pas le quitter. Je ne le ferai pas.

Je l'aime.

Je n'abandonne pas les gens que j'aime.

C'est lui qui m'a appris ça.

Pas moi-même, pas ma famille. Lui. En faisant tout son possible pour m'éloigner, il m'a ouvert les yeux et m'a fait comprendre à quel point je peux être déterminée quand je veux vraiment une chose.

Il s'attend à ce que je tourne les talons et je vais lui prouver que je l'aime en faisant le contraire. Je ne baisserai pas les bras. Pas cette fois.

Je serai la première personne dans la vie de Hart à ne pas lui tourner le dos.

Enfin arrivé devant l'hôtel, il s'arrête un instant et essaie de lâcher ma main. Je m'y accroche.

Les Adler ne baissent pas les bras. Jamais encore je n'ai été aussi heureuse d'entendre l'exaspérante voix de mon père dans ma tête. Ça me donne le courage d'affronter les dix minutes qui suivent – un moment si court dans une existence, mais qui va suffire à façonner le reste de ma vie. De *notre* vie, avec un peu de chance…

— Il faut que je te montre quelque chose, dans la chambre, dis-je. Après ça, si tu veux toujours partir, tu pourras.

J'ai l'air remarquablement calme, pour quelqu'un qui est sur le point de fondre en larmes à force d'angoisse.

Le passé de Hart l'a façonné tel qu'il est, je comprends. Tout comme mon passé à moi m'a influencée. Seulement, je veux cet homme-là dans ma vie. Pas parce que je le vois comme un défi pour mettre en pratique la devise familiale, mais parce qu'il me rend plus heureuse que qui que ce soit d'autre. En dépit de ses sautes d'humeur et de ses réticences, je sais au fond de moi qu'il est l'unique homme avec qui j'aie envie d'être – et ça mérite que je me batte pour lui.

Si j'ai perdu mon temps et mon énergie à lutter pour Casper et notre histoire vide, je suis certainement capable de mettre en œuvre tout ce qui sera nécessaire pour convaincre Hart que nous sommes faits l'un pour l'autre.

— Allez, monte avec moi quelques minutes ! dis-je avec plus d'insistance en le tirant par le bras.

Il me dévisage pendant un long moment. Son regard est impénétrable.

— Je ne peux pas…

— Tu me dois bien ça.

— Bon sang !

Il s'arrache à mon regard et fixe un point par-dessus mon épaule avec une moue indécise.

Voyant qu'il ne bouge pas, je serre sa main un instant.

— Viens ! Je te promets que ce ne sera pas long.

Cette fois, il cède. Il est encore trop tôt pour que je sois soulagée. Il faut encore que j'aille jusqu'au bout, mais je suis déjà heureuse de pouvoir gravir avec lui l'interminable escalier qui mène à la chambre où j'ai laissé toutes mes affaires, y compris mon ordinateur.

En entrant dans la pièce, je regrette un instant de ne pas pouvoir me concocter un cocktail rapide avec ce que je trouverai dans le minibar, histoire de me donner du courage.

Hart ne s'assied pas, et moi non plus. Je me contente d'allumer l'ordinateur sur un coin du bureau.

— Quoi que tu essaies de faire, Daisy, ça ne marchera pas…

— Tais-toi et regarde !

Je fais basculer l'écran dans sa direction et tape rapidement sur mon clavier pour atteindre la page que je cherche.

Puis je le laisse regarder, lire et comprendre.

Je l'entends marmonner un petit « merde » dans sa barbe, suivi d'une exclamation abasourdie :

— Quand est-ce que tu as fait tout ça ?

— Sur Gem Island, après notre dernier rendez-vous.

Encouragée par l'émerveillement que je lis dans ses yeux, j'explique :

— J'ai compris que tu ne lâcherais jamais cette obsession du secret, bien que ton image soit le rêve d'un chargé de com pour lier l'île et ton programme de vacances pour les enfants placés ; alors j'ai accepté de faire les choses à ta manière. Mais je savais dès le début quel potentiel le mélange de nos deux visions pouvait avoir et j'ai créé ça. Qu'est-ce que tu en penses ?

— Mais ça a dû te prendre des heures…

Il secoue la tête, incapable de quitter l'écran des yeux.

— Je n'ai pas dormi, dis-je avec un haussement d'épaules comme si ce n'était rien – alors que c'est *tout*. Je voulais te montrer ce qui peut arriver quand nous faisons des compromis, toi et moi.

— Pourquoi ?

— Parce que nous formons une super équipe, professionnelle et personnelle…

Je prends une profonde inspiration et lâche enfin :

— Je voulais aussi te prouver que je t'écoute. Que je prends en compte tout ce que tu peux dire. Que je ne décide rien sans avoir toutes les informations en main. Que même quand j'ai peur de ne pas réussir et quand les doutes viennent me hanter, je garde la foi et la force de m'investir dans ce en quoi je crois.

Il fronce les sourcils et me dévisage avec une méfiance évidente.

— Qu'est-ce que tu essaies de dire ?

— Que je suis aussi vulnérable que toi et que j'ai dû surmonter mes propres peurs, mon propre complexe d'infériorité pour revenir te voir après la manière dont tu m'as laissée tomber sur l'île. Et j'ai écouté tout ce que tu m'as dit, ici et à la rampe de skate-board. Ma décision reste la même : c'est toi que je veux.

Je m'avance d'un pas et plaque une main sur son torse, juste sur son cœur.

— C'est toi que je choisis.

Sous le choc, il ne bouge pas et me dévisage, avant de secouer obstinément la tête.

— Je ne suis pas assez bien pour…

Je me pends à son cou pour le faire taire et plaque mes lèvres contre les siennes. Il essaie pendant un instant de me repousser mais finit par me rendre mon baiser avec une fièvre plus brûlante que jamais.

Il me fait reculer jusqu'à ce que je me cogne contre le bureau, puis glisse ses mains sous mes fesses pour me soulever de terre. J'en profite pour passer les jambes autour de sa taille.

Je m'accroche à lui tandis que nos langues retrouvent leur ballet sensuel, lentement, avec une langueur qui m'arrache un gémissement. Il me dévore, comme si rien ne pouvait jamais le rassasier. Je connais bien cette sensation.

Quand il s'arrache enfin à moi, nous avons tous les deux le souffle court et mes fesses me font mal, perchées sur l'angle aigu du bureau. J'ai des débuts de crampes dans les cuisses à force de resserrer mes jambes autour de ses hanches pour ne pas tomber.

Mais je m'en moque. Hart n'est pas quelqu'un de bavard, et le fait qu'il soit toujours là et qu'il m'ait embrassée en dit plus long que tous les discours du monde. En tout cas, je l'espère. Pourvu que ce ne soit pas qu'un merveilleux baiser d'adieu…

Je baisse doucement les jambes et il m'aide à me redresser. Puis il me prend la main pour me guider jusqu'au canapé. Il s'assied et me force à l'imiter. Nous nous tenons toujours les mains, côte à côte. Il garde cependant les yeux baissés. D'un seul coup, tous mes espoirs partent en fumée.

— J'ai beaucoup de choses à te dire et j'ai besoin que tu m'écoutes, murmure-t-il d'une voix brisée.

— OK.

— Quand mon père m'a abandonné, j'ai été dévasté. J'ai fini par repousser tout le monde autour de moi de peur de souffrir de nouveau. Pa n'a jamais baissé les bras, mais tu avais raison : je ne l'ai jamais vraiment laissé entrer dans mon cœur et… et je vais devoir vivre avec ce regret jusqu'à la fin de mes jours.

Il garde les yeux fixés sur une reproduction un peu kitsch de Harbour Bridge accrochée au mur d'en face. Mais je mettrais ma main à couper qu'il ne la voit pas, tant ses yeux sont hantés par la douleur.

— Je ne sais pas si je suis capable d'aimer, et encore moins si je peux offrir à une femme comme toi ce dont elle a besoin.

Ravalant mes larmes, je demande :

— Et de quoi crois-tu que j'aie besoin ?

— De tout.

Il laisse retomber sa tête d'un air désespéré et je dois me mordre la lèvre pour ne pas laisser échapper de nouveaux sanglots.

— Je n'ai besoin que d'une chose : toi.

Je n'arrive plus à retenir mes larmes et je les sens finalement couler sur mes joues.

— Oh non, ne pleure pas ! Pas à cause de moi…

Il me prend dans ses bras et je me laisse aller, secouée par des sanglots trop longtemps contenus, qui viennent de très loin et me traversent par vagues jusqu'à ce que je n'aie plus de larmes en réserve. Je reste alors là, immobile, agrippée à lui.

Quand je finis par me calmer, il me laisse me détacher. Il a l'air choqué. Ses yeux sombres sont hantés par la douleur.

— Je vais te faire du mal, dit-il. Je vais te repousser, être de mauvais poil ou me comporter comme une ordure ; tout simplement parce que j'aurai trop peur que tu me quittes et que ça me tue…

Il s'éclaircit la voix et ses yeux – ses si beaux yeux – s'emplissent de larmes à leur tour.

— Je suis terrifié, Daisy, parce que, pour la première fois de ma vie, j'ai l'impression de découvrir ce qu'est l'amour.

Le pincement qui me serre le cœur se répand, m'envahit tout entière. C'est un pincement d'espoir.

— Je n'ai pas beaucoup dormi cette nuit, alors je pense que tout ça n'est pas un rêve, mais juste au cas où…

Je frappe son avant-bras, fort.

— Aïe ! Doucement ! Ça va laisser une marque !

Ses mains glissent le long de mes bras, remontent sur ma taille, ma poitrine et atteignent mes épaules où elles restent immobiles, légères.

Il me contemple pendant très longtemps, comme s'il cherchait à mémoriser mes traits.

— Est-ce que tu as entendu ce que je t'ai dit ?

— Oui. Et je comprends. Tu repousses les gens, c'est ton mécanisme de défense ; et il est tellement ancré en toi que tu ne peux plus t'en défaire.

J'effleure sa joue du bout des doigts.

— Je suis désolée que tu n'aies pas eu l'occasion de vraiment t'ouvrir pour ton grand-père. Et je suis choquée par toutes les horreurs que tu as dû endurer en grandissant. Mais je suis là. Je t'aime. Et je ne te quitterai pas.

Il se crispe et je vois les muscles de son cou se tendre.

— Tu es folle d'aimer quelqu'un comme moi, affirme-t-il.

Je lui lance mon plus beau sourire.

— Ouais, je suis folle ! Folle de toi !

— Bon sang !

Il parvient malgré tout à me rendre mon sourire et, pendant un instant, il a l'air terriblement jeune.

— Ce ne sera pas un problème, parce que je crois que je t'aime aussi.

Mon cœur bondit dans ma poitrine à ces mots et mon estomac se noue plus que jamais.

— Ce n'est pas vraiment une déclaration passionnée, mais je m'en contenterai.

Il a l'air un peu perdu et secoue soudain la tête, comme s'il venait de se réveiller.

— Je n'aurais jamais cru que tu prendrais le risque de t'attacher à un crétin comme moi, quelqu'un qui verrouille toutes ses émotions. Surtout après avoir tout fait pour te repousser depuis le jour de notre rencontre.

— Tu ne verrouilles pas tes émotions, dis-je fermement.

Ma remarque lui arrache un sourire.

— Tu sais, pendant toutes les années que j'ai passées avec ces gamins que j'aide, pendant tous mes voyages et même dans les meilleurs moments que j'ai partagés avec Pa, je ne me suis jamais senti aussi bien qu'avec toi.

Il cligne des paupières, mais ne peut pas cacher la tendresse qui envahit ses yeux et m'emporte.

— Tu es unique, Daisy. La seule personne que je

ne veuille pas fuir. Même pas là-dedans, murmure-t-il en se tapotant le buste. Pour la première fois de ma vie, je veux prendre un risque avec quelqu'un, parce que je me sens… en sécurité, avec toi. Et ça ne m'était encore jamais arrivé. Jamais.

Évidemment, ce discours me fait larmoyer de plus belle. Je ne peux pas retenir les larmes qui débordent le coin de mes yeux.

— Alors j'aimerais passer un marché avec toi. Je ne te repousserai plus et je t'aimerai du mieux que je peux. De ton côté, promets-moi de me dire si tu n'es pas heureuse ou si tu veux partir.

Il me prend le menton et me regarde fixement.

— Si un jour tu penses à me quitter, je dois le savoir.

— Promis ! dis-je dans un souffle, avant de le serrer dans mes bras et d'enfouir mon visage contre son torse.

Il m'enlace à son tour et nous restons assis là un long moment. C'est notre premier vrai câlin sincère.

Mais certainement pas le dernier.

Épilogue

Hart

Je prends la main de Daisy et nous descendons sur la plage. Ça me rappelle notre première rencontre, la première fois que je lui ai tendu la main ici, il y a sept mois.

— Qui aurait cru que mon ermite dénué d'émotions puisse cacher autant de romantisme ? lance-t-elle en balançant sa main – et la mienne – avec un sourire malicieux. Même une fille comme moi peut se lasser des promenades du soir sur la plage, tu sais.

— Menteuse : tu adores !

En dépit du temps qui passe, j'apprécie toujours autant nos petites joutes verbales.

— Et toi, tu adores surveiller tes bonnes œuvres.

Elle me connaît trop bien. Depuis le lancement du programme de vacances pour les enfants placés, la semaine dernière, nous nous promenons sur la plage tous les soirs à la même heure pour que je puisse jeter un coup d'œil au premier groupe de visiteurs.

Daisy m'a accusé de me comporter en papa poule, mais je ne peux pas m'en empêcher. Je veux le meilleur pour ces gosses : ils en ont bien besoin.

Il nous a fallu plusieurs mois pour rénover les anciennes villas, ce qui a laissé le temps à Daisy de préparer un lancement spectaculaire pour notre campagne. Je l'ai même autorisée à utiliser quelques photos de moi, ce qui me transforme en effigie officieuse du programme. La réaction du public a été extraordinaire et le Club de vacances pour enfants de Gem Island a vu en un éclair son carnet de réservations se remplir pour les dix-huit prochains mois. Il y a tant de familles et de gamins qui rêvent de faire une pause dans un coin de paradis comme ça, et d'oublier leurs soucis quotidiens – au moins l'espace de quelques jours.

— Tu ne voulais pas plutôt dire *nos* bonnes œuvres ? dis-je en l'embrassant sur la joue. Je n'aurais jamais pu faire tout ça sans toi.

— C'est n'importe quoi, et tu le sais ! Tu as créé ça tout seul, et ça vient d'ici, répond-elle en me tapotant la place du cœur.

— Non, c'est nous, dis-je plus fermement.

Pour une fois dans ma vie, je fais partie d'une équipe, et ça me plaît.

Ma terreur de perdre Daisy ne m'a pas encore quitté. Je ne pense pas avoir la force de m'en débarrasser un jour, parce qu'elle fait autant partie de moi que ces fichues cicatrices que j'ai sur la hanche.

Mais je m'améliore. Chaque matin, quand je me

réveille et vois son visage souriant sur l'oreiller, je sens la peur reculer. Je peux vivre avec l'angoisse. Mais je ne survivrais pas sans Daisy.

— Allez viens, grand sentimental !

Elle me tire par la main et nous nous remettons en route, ensemble, tellement amoureux que j'en ai presque mal.

Comme nous arrivons au bout de la plage, j'entends des rires d'enfants – le plus beau son qu'on puisse imaginer. Ils sont nombreux, peut-être une quinzaine, et d'âges très divers. Ils jouent au cricket derrière l'une des villas, dans le jardin qui descend jusqu'à la mer.

J'entends des moqueries bienveillantes et de nouveaux éclats de rire, encore. Bon sang, je pourrais me mettre à pleurer !

— Tu as fait du bon travail, me murmure Daisy en passant un bras autour de ma taille. Et je t'aime. J'aime toute ta générosité, tout ton grand cœur.

Sa dévotion si totale, si sincère m'émeut. Je me penche, les larmes aux yeux, et lui glisse à l'oreille :

— J'ai aussi quelques projets très généreux que tu pourras apprécier dès que nous aurons atteint la grotte…

— Espèce de coquin !

Elle rit et me serre un peu plus contre elle.

— Oui, *ton* coquin, aussi longtemps que tu le voudras.

— Pourquoi pas pour toujours ?

— Bonne idée !

Ma voix se brise un peu et elle l'entend. L'éclat de ses yeux, quand elle se tourne vers moi, me laisse espérer que peut-être – peut-être – je peux vraiment croire au mot « toujours ». Avec elle.

Retrouvez prochainement
dans votre collection
MAGNETIC

Un sulfureux rendez-vous, de Rachael Stewart - N°46

Alors qu'elle attend son futur partenaire en affaires, Jennifer est abordée par l'homme le plus sexy qu'elle ait jamais vu. Qu'à cela ne tienne, son rendez-vous tarde et elle décide de se laisser séduire par le bel inconnu. Sans se douter une seule seconde qu'il s'agit de Marcus Wright, le partenaire en question ! Un impair qui risque de lui coûter bien plus que sa carrière, à en juger par les frissons de plaisir qui la parcourent à chaque caresse prodiguée par Marcus…

Brûlante confrontation, de Kelli Ireland - N°47

Chargée d'organiser la cérémonie de mariage d'une personnalité célèbre sur l'île paradisiaque de Bora, Ella ne doute pas une seule seconde de sa capacité à relever le défi. Mais c'est compter sans le frère de la mariée – Liam Baggett – dont l'unique objectif est de saboter le mariage en la détournant de son travail. Et force est de constater que l'audacieux Liam sait très bien s'y prendre…

Insaisissable Blair, de JC Harroway - N°48

SÉRIE : BILLIONAIRE BACHELORS - TOME 3/3

Dans la famille Faulkner, Reid est le frère aîné; celui qui dirige l'entreprise familiale d'une poigne de fer. Aussi découvre-t-il avec stupeur que son père a engagé une vieille connaissance pour rénover leur hôtel phare : Blair Cameron, qui n'a plus rien de la jeune femme timide et fuyante qu'il côtoyait il y a de cela plusieurs années. Bien au contraire, pense Reid, déjà fou de désir pour l'insaisissable Blair…

Sélectionnez votre style parmi toutes les idées

Composé et édité par HarperCollins France.

Achevé d'imprimer en mai 2020.

CPi
BLACK PRINT

Barcelone

Dépôt légal : juin 2020.

MIXTE
Papier issu de
sources responsables
FSC® C108412

Pour limiter l'empreinte environnementale de ses livres, HarperCollins France s'engage à n'utiliser que du papier fabriqué à partir de bois provenant de forêts gérées durablement et de manière responsable.

Imprimé en Espagne.

OFFRE DÉCOUVERTE !

Vous souhaitez découvrir nos collections ? Recevez **votre 1er colis gratuit*** **avec 2 cadeaux surprises !** Une fois votre colis de bienvenue reçu, si vous souhaitez continuer à recevoir nos livres, cela se fera automatiquement. Vous recevrez alors vos livres inédits** en avant-première.

Vous n'avez aucune obligation d'achat et cette offre est sans engagement de durée !

*1 livre offert + 2 cadeaux / 2 livres offerts pour la collection Azur + 2 cadeaux. Les collections Gentlemen et Aliénor démarrent avec le 1er colis payant.
**Les livres Ispahan, Sagas, Best-Sellers Féminins, Gentlemen et Hors-Série sont des réédités.

☛ COCHEZ la collection choisie et renvoyez cette page au
Service Lectrices Harlequin – CS 20008 – 59718 Lille Cedex 9 – France

Collections	Références	Prix colis*
❑ **AZUR**	Z0ZFA6	6 livres par mois 28,79€
❑ **BLANCHE**	B0ZFA3	3 livres par mois 23,65€
❑ **LES HISTORIQUES**	H0ZFA2	2 livres par mois 16,59€
❑ **ISPAHAN**	Y0ZFA3	3 livres tous les 2 mois 23,35€
❑ **PASSIONS**	R0ZFA3	3 livres par mois 25,09€
❑ **SAGAS**	N0ZFA3	3 livres tous les 2 mois 27,66€
❑ **BLACK ROSE**	I0ZFA3	3 livres par mois 25,09€
❑ **VICTORIA**	V0ZFA3	3 livres tous les 2 mois 25,69€
❑ **GENTLEMEN**	G0ZFA2	2 livres tous les 2 mois 17,35€
❑ **BEST-SELLERS FÉMININS**	E0ZFA2	2 livres tous les 2 mois 18,75€
❑ **ALIÉNOR**	A0ZFA2	2 livres tous les 2 mois 17,35€
❑ **HORS-SÉRIE**	C0ZFA2	2 livres tous les 2 mois 17,35€

N° d'abonnée Harlequin (si vous en avez un) ____________

Mme ❑ Mlle ❑ Nom : ____________

Prénom : ____________ Adresse : ____________

____

Code Postal : ______ Ville : ____________

Pays : ____________ Tél. : ____________

E-mail : ____________

Date de naissance : ____________

❑ Oui, je souhaite recevoir par e-mail les offres promotionnelles des éditions Harlequin.
❑ Oui, je souhaite recevoir par e-mail les offres promotionnelles des partenaires des éditions Harlequin.

Date limite : 31 décembre 2020. Vous recevrez votre colis environ 20 jours après réception de ce bon. Offre soumise à acceptation et réservée aux personnes majeures, résidant en France métropolitaine, dans la limite des stocks disponibles. Prix susceptibles de modification en cours d'année. Vous pouvez demander à accéder à vos données personnelles, à les rectifier ou à les effacer. Il vous suffit de nous écrire en nous indiquant vos nom, prénom et adresse à : Service Lectrices Harlequin CS 20008 59718 LILLE Cedex 9. Service Lectrices disponible du lundi au vendredi de 8h à 18h : 01 45 82 47 47.